【아마코】

【우사토】

【블루링】

【네아】

【페름】

【스즈네】

【카즈키】

등장인물 소개

"보아하니 찾은 것 같군."

【로즈】

"감사합니다. 단장님."

치유마법의 잘못된 사용법

~전장을 달리는 회복 요원~

Vol. **12**

저자 **쿠로카타**

일러스트 KeG

치유마법의 잘못된 사용법

~전장을 달리는 회복 요원~ Vol.**12**

CONTENTS

구명단 수칙
~전후의 마음가짐~

하나, 고통받는 자가 있다면 전력으로 구할 것

하나, 유사시에 대비하여 매일 훈련을 게을리하지 말 것

하나, 구명단의 혼은 영원하다

✿제1화 운명을 가르는 결단!!

전장에 쓰러진 마왕.

그 모습을 내려다보는 나와 이누카미 선배와 카즈키.

이제 마왕에게 최후의 일격을 가하면 되는 상황에서 나는 위화감 같은 것을 느꼈다.

"……."

지금 눈앞에 힘없이 쓰러져 있는 마왕을 내려다보고 있는 내 심정은 환희나 안도가 아니라 곤혹이었다.

이대로 마왕을 죽여도 되는 걸까.

마왕을 죽이면 이 싸움은 끝날까.

그런 의문이 머릿속에 떠올랐다가 사라졌다.

"왜 주저하지."

허공을 바라본 마왕이 가냘프면서도 위압하는 듯한 목소리를 냈다.

그 목소리에 정신을 차리고 보니 선배와 카즈키도 나를 보며 어쩌면 좋을지 모르겠다는 표정을 짓고 있었다.

"……당신을 죽이는 게 옳다는 생각은 안 들어."

내 중얼거림에 마왕뿐만 아니라 선배와 카즈키도 눈을 크게 떴다.

"우사토 군……. 하지만 마왕을 해치우지 않으면 싸움은 안 끝나."

"선배 말이 맞아. 마왕이 얼마나 강한지는 우사토도 알잖아?"

9

선배와 카즈키의 지적도 타당했다.

"하지만…… 여기서 마왕을 죽여 버리면 마족과 인간 사이의 균열은 두 번 다시 메울 수 없을 거예요."

"분명 우사토 군의 말대로 지금 여기서 마왕을 죽이면 마족은 분개하겠지. 그러면 인간과 마족, 둘 중 하나가 멸망할 때까지 싸움이 끝나지 않을지도 몰라."

선배의 말에 카즈키는 여전히 곤혹스러워하는 표정으로 마왕을 내려다보았다.

"하지만 마왕은 인류를 말살하겠다고 했어요. 그럼 마왕군도 그걸 위한 수단일 뿐이지 않을까요?"

『내가 마왕군에 있을 적에는 인류 말살 같은 목표는 내걸지 않았어. 마족이라는 종족이 살기 위해 침략했던 거야. ……어째서 마왕은 갑자기 전장에서 인류 말살 같은 말을 꺼낸 거지?』

동화해 있는 페름이 의아해하며 중얼거렸다.

환영 속에서 본 과거의 마왕과 대조해 봐도 지금 마왕의 언동은 위화감이 들었다.

과거의 마왕은 남아도는 힘을 부딪칠 상대를 원했을 뿐이었다.

그럼 지금 시대 마왕의 목표는 뭐지?

정말로 인류 말살이 목표라면 하는 짓이 너무 번거로웠다.

"……."

이러고 있는 동안에도 시간은 흘러갔다.

"음……?"

문득 주위를 둘러봤다가, 쓰러진 마왕을 보는 연합군 기사들의 시선을 깨달았다.

공포, 증오, 그리고 분노.

『우사토, 이건…….』

"응."

경고하는 듯한 페름의 목소리에 고개를 끄덕였다.

기사들이 보는 사람은 내가 아닌데도 두려운 마음이 드는 감정의 파도를 느끼고 마왕이 왜 그런 선언을 했는지 눈치챘다.

"당신은……."

쓰러진 마왕에게 말했다.

"마족에 대한 인간들의 증오를 혼자 떠안고서 죽으려고 한 건가요?"

"……."

반응은 없었다.

하지만 그래도 계속 말했다.

"이유는 모르겠지만, 당신은 아직 경험이 부족한 우리에게 당할 만큼 약해져 있었어요. 그런데도 마왕군이 궁지에 몰리자 직접 전장에 나왔죠."

아니어도 좋다.

퍼즐 조각을 맞추듯 짜 맞춘 생각을 말했다.

"당신에게는 그렇게 해야만 하는 이유가 있었어요. 그리고 죽음을 각오한 당신은…… 일부러 인간들의 적의를 모으는 행동을 하고 우리와 싸웠어요."

"······이것 참."

침묵하던 마왕이 연약하게 중얼거렸다.

"정말로 너는 예상치 못한 행동을 하는군······. 이래서야 형편없는 연극을 벌인 내가 바보가 되지 않나."

"역시 그런 거군요?"

"······마족에게는 이제 미래가 없다."

그렇게 중얼거린 마왕은 하늘을 올려다보았다.

그 눈에 비장감은 없었고, 어딘가 자조하는 것 같았다.

"옛 투쟁으로 생긴 인간과 마족의 결코 메워지지 않는 골. 그걸 만든 건 희열과 쾌락을 좇아 투쟁을 추구한 나다. 내 책임이야. 그로 인해 마족은 여전히 인간과 화해하지 못하고 적대하며, 죽어 가는 대지와 함께 멸망하려고 해."

"······."

"나는 내 동포를 구해야 했다. 그러기 위해서라면 내 목숨 따위 버려도 좋다고 생각했다."

우리는 마왕이 보여 준 환영 속에서 인간과 마족의 사이가 결정적으로 틀어진 과거의 싸움을 보았다.

인간과 마족의 관계가 이렇게 된 책임이 마왕에게 있는 것은 사실이리라.

"말하자면 이건 매듭을 짓는 일이다. ······윽."

팔을 잡은 채 상체를 일으킨 마왕은 카즈키의 칼날을 잡아 자신의 목에 댔다.

카즈키는 마왕의 행동에 놀랐는지 굳어 있었다.

"빛의 용사여. 나를 죽여라. 나의 동포에게는 죄가 없다. 전부 내가 침략하라고 명령한 것이다. 원흉인 나를 죽이고 모든 것을 끝내라."

여기서 마왕을 죽이고, 마왕의 진의를 아는 우리가 『마족은 살기 위해 마왕을 따랐을 뿐』이라고 전한다면 이 반목은 끝날지도 모른다.

하지만—.

"싫습니다."

그런 자기희생 정신 따위, 구명단원인 나는 간과할 수 없다.

나는 카즈키의 검에서 마왕을 손을 떼어 냈다.

"뭐?"

처음으로 마왕의 표정이 변했다.

"그럼 나도 그만둘래. 마왕의 생각대로 움직이는 것도 싫고."

"……번개의 용사여, 너마저 그러는 건가."

"죽고 싶어 하든 말든 상관없지만, 그쪽이 죽는다고 전부 해결될 만큼 인간의 감정은 간단하지 않아."

그렇게 말한 선배는 평소처럼 밝게 웃으며 나를 보았다.

카즈키도 칼날에 묻은 피를 털고 검을 검집에 넣었다.

마음을 가라앉히듯 심호흡한 카즈키는 결심한 얼굴로 입을 열었다.

"……우리도 무조건 죽이고 싶은 건 아니야."

"……"

"당신이 죽어서 한동안은 괜찮더라도 그 후에는 어떻게 될지 몰

라. 속죄하고 싶다면 오히려 살아야 해."

"궤변이다. 내가 살아남는다고 해서 뭐가 달라지지?"

"임시방편일 뿐인 죽음을 택하는 것보다는 살아서 더 나은 결말을 모색해야 한다고 생각해."

마왕을 살리는 것에 반대하는 사람도 있을 것이다.

하지만 마왕이 죽어서 인간에 대한 마족의 증오가 폭발하면 둘 중 하나가 멸망할 때까지 미움의 연쇄는 끝나지 않는다.

"너희는 본인이 무슨 말을 하는지 이해하고 있는 건가? 몇백 년이나 반목했던 인간과 마족의 관계를 정말로 수복할 수 있을 거라고 생각하나?"

우리의 선택은 이상론에 불과할지도 모른다.

"페름."

이름을 부르자 페름이 동화를 해제하고 모습을 드러냈다.

그에 맞춰서 날고 있던 네아도 내 어깨에 앉았다.

나는 흠칫거리는 페름을 보고 나서 마왕에게 시선을 되돌렸다.

"우리는 적으로 만났지만 이렇게 다가설 수 있었어요. 계기만 있다면 분명 가능성은 있을 거예요."

"……이상이 지나치군. 너 같은 인간은 흔치 않아."

"이상을 말하는 게 구명단이니까요. 저는 스승님한테 그렇게 배웠고, 앞으로도 쭉 이상을 품고 이상을 따라 살아갈 거예요."

물러 터졌다고 하더라도, 어리석다고 욕하더라도, 나는 스승님에게 배운 가르침을 굽힐 생각이 없다.

네아와 페름을 보니 두 사람은 어이없어하면서도 고개를 끄덕여 줬다.

"뭐, 네가 그렇게 정했다면야."

"네가 얼마나 터무니없는지는 몸소 겪어서 알고 있으니까."

"……고마워."

나는 정말로 좋은 동료들을 얻었다.

새삼 그렇게 생각하고 있으니 마왕이 크게 한숨을 쉬었다.

"……네놈들은 정말로 무르군. 명예롭게 죽지도 못하는가……."

마왕은 독기가 빠진 모습으로 다시 드러누웠다.

죽이지 않는 방향으로 정해졌다면 구속해야 할까.

녹초가 된 몸을 움직이려고 했을 때, 갑자기 돌풍이 불더니 마왕 옆에 한 마족 남성이 나타났다.

즉각 임전 태세를 취한 우리 앞에 나타난 사람은 금발 마족— 네로 아젠스였다.

"……네로인가."

"마왕님."

서로 만신창이인데 여기서 싸우는 건가?!

아니, 지금은 선배랑 카즈키가 있으니까 다 같이 싸우면—.

"이제 싸울 마음은 없어."

네로는 우리를 향해 손을 들고 그렇게 말했다.

"안 싸우는 건가요……?"

확실히 처음 조우했을 때와 같은 적의는 느껴지지 않았다.

오히려 평온해 보일 지경이었다.

"너의 스승과 싸우고 패배했으니까. 여기 나타난 건 다른 목적 때문이야."

그렇게 말한 네로는 마왕을 내려다보았다.

마왕도 만신창이인 네로를 올려다보고 미소 지었다.

"서로 형편없는 몰골이군."

"마왕님만큼은 아닙니다."

"흥, 너도 말대꾸를 하게 됐군."

두 사람은 상황과 어울리지 않는 너스레를 주고받았다.

그 모습을 보고 있으니 갑자기 네로가 마왕에게 손을 내밀었다.

"당신께서 지신 거겠죠."

"그런가. ……그래, 그 말대로다."

네로의 말을 듣고 마왕은 재미있다는 듯 웃었다.

"……나는 지금 가진 전력을 쓰고서도 너희에게 졌다. 원래는 인간이 마족에게 가진 원한과 함께 죽을 예정이었지만…… 살려주겠다는군."

"부끄러운 삶이더라도 사는 것에는 의미가 있습니다. 저도 오늘 그것을 배웠습니다."

"훗, 그렇지."

네로가 내민 손을 잡고 일어난 마왕이 우리를 보았다.

"그렇다면 수치를 거듭하기로 할까."

자조적으로 웃은 마왕은 손끝에 작은 마술 문양을 만들어 목에

댔다.

그러자 마왕의 목소리가 주위에 크게 울렸다.

『우리 마족은 패배를 인정하고 항복하겠다. 너희 인간의 승리다.』

그 목소리는 전장 전체에 메아리치듯 울려 퍼졌다.

한순간 정적에 휩싸인 후— 환희의 목소리가 폭발했다.

『『『우오오오—!!』』』

『끄, 끝났다! 끝났어!!』

『이제 더는…… 싸우지 않아도 돼…….』

안도하여 울고, 옆에 있는 누군가와 함께 기뻐하며, 오랫동안 이어진 싸움이 끝났다는 감개에 잠겼다.

그런 사람들을 보고 나도 안도했지만, 아직 눈앞에 마왕과 네로가 있다는 것을 잊어서는 안 된다.

"앞으로 어떻게 되는 거죠?"

"어떻게 될지는 나도 모르겠군. 하지만 이건 너희가 움켜쥔 미래다."

마왕도 예상하지 못했다니, 무슨 일이 있어도 여기서 죽을 작정이었나.

"링글 왕국에 사자를 보내겠다. 우리에 대한 처우는 너희의 왕에게 맡기도록 하지."

"그래, 그렇게 전할게. 하지만 약속을 어긴다면……."

"이제 우리에게 싸울 힘은 남아 있지 않다. 어차피 너희에게 우리의 운명을 맡겨야 해."

선배가 경고하자 마왕은 그렇게 대답했다.

뒷일은 로이드 님에게 맡길 수밖에 없다.

문득 나는 마왕의 출혈이 더 심해진 것을 깨닫고 그에게 다가갔다.

"우사토?"

"잠깐, 너 뭐 하려는 거야?!"

네아와 페름의 목소리를 흘려들으며 마왕에게 손을 내밀었다.

치유마법의 빛이 떠오른 내 손을 본 마왕은 놀라서 눈을 크게 떴다가 재미있다는 듯 웃었다.

"아까까지 서로를 죽이려 했던 사이다만."

"당신은 앞으로도 살아야 하니까요."

"……크크, 내게는 죽음보다 두려운 삶이로군."

마왕은 네로에게 부축받으며 내가 내민 손을 맞잡았다.

치유마법으로 상처가 점차 치유되었다.

"이 정도면 됐다."

응급 처치 수준으로 상처가 치유되었을 때 마왕이 손을 놓았다.

"……괜찮겠어요?"

"너의 입장을 고려한 거다. 하지만, 흠……."

마왕은 왼손을 들더니 손바닥에 빛구슬 같은 것을 띄웠다.

"선물이다. 받아라."

"이건……?"

떠오른 그것을 받자 빛구슬은 종이가 되었다.

나는…… 아니, 우리는 이것을 본 적이 있었다.

"우사토 군, 그건……?!"

"스크롤이잖아!"

환영 속에서 마왕이 히사고 씨에게 보여 줬던, 원래 세계로 돌아갈 수 있는 스크롤?!

그야 마왕이 가지고 있어도 이상하진 않지만, 왜 지금 이걸……?

"그걸 어떻게 쓸지는 너희에게 달렸다."

멍하니 마왕을 보았다.

마왕은 우리의 반응을 즐기듯 미소 지었다.

"그대로 쓰지는 마라. 녀석이 살던 시대로 날아갈 테니까."

"어째서 이걸 우리에게……?"

"나도 모르겠다. 신기하게도 말이야. 자신의 운명을 개척해 낸 너희이기에 줘도 되겠다고 생각한 걸지도 모르지."

그리고 마왕은 뒤로 물러났다.

그 움직임에 맞춰 자신을 부축 중인 네로에게 시선을 보내자 바람이 그들을 감싸기 시작했다.

마왕이 이곳을 떠난다.

그걸 알고 사람들이 웅성거렸지만, 말없이 지켜보는 우리를 보고 누구도 이의를 제기하지 않았다.

"─잠시 작별이다, 용맹한 자들이여."

그 말을 끝으로 마왕과 네로의 모습이 바람과 함께 사라졌다.

두 사람이 있던 자리에는 아무것도 남아 있지 않았다.

그곳을 묵묵히 바라보고 있으니 옆에서 카즈키가 불안해하는 목소리를 냈다.

"마왕은 약속을 지킬까?"

"지키겠지. 마왕이 마족에게 느끼고 있는 죄책감과 마족을 구하고 싶어 하는 마음은 진짜일 테니까."

"약속을 지키지 않는다면 이번에는 우리가 마왕령에 쳐들어가서 다시 한번 최강 콤비네이션을 때려 박아 주면 돼!"

슉슉 하고 선배가 굉장히 그럴싸한 섀도복싱을 선보여서 카즈키와 나는 어깨의 힘을 빼고 쓴웃음을 지었다.

마침내 마왕군과의 싸움이 끝을 맞이했다.

우리의 선택이 옳았는지는 모르겠다.

하지만 이 선택을 후회하지는 않는다.

"끝났구나……."

"응. 끝났어, 우사토 군."

"우사토, 우리가 평화를 쟁취했어."

내 혼잣말에 선배와 카즈키가 대답해 줬다.

두 사람과 함께 이 세계에 소환된 날.

그때의 광경을 지금도 선명하게 떠올릴 수 있다.

싸우고, 훈련하고, 여행하고, 여러 가지 일이 있었다.

오늘 마침내 우리는 이 세계에 온 의미를 완수했다.

그걸 자각하고 가슴 찡한 기쁨을 느끼며 나는 손에 든 스크롤을 바라보았다.

"남은 문제는……."

마왕이 준 스크롤.

이걸 쓰면 우리는 원래 살던 세계로 돌아갈 수 있을지도 모른다.

가족이 있는 친숙한 세계.

그리고 많은 사람과 인연을 맺은 이 세계.

양쪽을 생각하자 날카로운 아픔이 가슴을 에는 듯한 착각이 들었다.

✿ 막간 돌아오길 기다리는 소녀

마왕군과의 싸움에 승리했다.

그 소식을 들었을 때, 가장 먼저 머릿속에 떠오른 것은 사람들의 안부였다.

과연 무사할까.

그런 조급함을 느끼며 전장에서 온 연락병의 목소리에 귀를 기울이니, 그 자리에 있던 모두의 상상을 뛰어넘는 보고가 들렸다.

『용사 스즈네 님, 용사 카즈키 님, 그리고 구명단의 우사토 님이 마왕을 타도했습니다.』

전쟁에서 이겼을 뿐만 아니라 마왕도 쓰러뜨렸다니?

예상 이상의 성과에 한동안 사람들은 멍하니 있었지만, 이내 정적이 환희의 목소리로 바뀌었다.

나는 그 자리에 주저앉으며 우사토가 무사하다는 사실에 기뻐했다.

***

"아마코 씨, 오늘 사람들이 돌아오는 거죠?"

"응, 그렇다고 들었어."

마왕군과의 싸움이 끝나고 일주일 후.

나는 돌아오는 사람들을 맞이하기 위해 나크와 함께 구명단 숙소에서 식사를 준비하고 있었다.

"로즈 씨는 아직 남는다는 것 같지만. 우사토도 남겠다고 했다가 먼저 돌아가라며 걷어차였대."

"하하, 로즈 씨답네요."

싸움이 끝나고 링글 왕국은 전후 처리에 쫓기고 있어서 전장으로 간 사람들도 거의 돌아오지 못했다.

구명단도 부상자 치료를 위해 전지에 남아 있었다.

"정말로 끝난 거네요."

"우사토는 꽤 무모한 짓을 벌인 것 같지만 말이야."

"들리는 얘기만 봐도 엄청나던데요. 제1군단장, 제2군단장, 제3군단장과 싸운 데다가, 커다란 뱀 마물을 미아라크의 용사님과 함께 쓰러뜨리고, 그대로 바로 마왕과 싸우다니…… 정말로 비현실적인 사람이에요."

"그러니까 말이야."

돌아오는 사람들에게 요리를 대접한다는 이야기를 들은 마을 사람들이 잔뜩 가져다준 식자재로 만든 수프를 휘저으며 나도 기가 차서 대답했다.

과장된 이야기가 아닐까 의문이 들 정도지만, 먼저 돌아온 기사들이 다들 그렇게 말하고 있으니 사실이라고 인정할 수밖에 없었다.

"하지만 그래야 우사토지."

"그렇죠."

그릇을 준비 중인 나크가 웃으며 고개를 끄덕였다.

"예전에도 그랬고, 지금도 여전히 제게 있어 우사토 씨는 뒤쫓아야 할 사람이에요."

"······나크는 우사토처럼 되지 않아도 돼."

"물론 그건 알고 있어요. 저는 저대로 우사토 씨 옆에 나란히 설 수 있는 치유마법사가 되고 싶어요."

나크의 눈은 한없이 올곧았다.

마도시 루크비스에서 봤던 연약한 나크는 이제 어디에도 없었다.

"싸울 필요가 없어졌다면 우사토는 어떻게 할까."

"그야 훈련하겠죠."

"즉답하는 걸 보면 나크도 꽤 물들었구나."

"네? 헤헤, 그런가요?"

그걸 기뻐하는 걸 봐도 물들었다.

하지만 나크가 말한 대로 우사토는 항상 훈련하는 이미지였다.

"······."

왜일까, 마음이 조금 허전해졌다.

이유는 모르겠다.

다만 묘하게 불안했다.

마왕군의 위협은 사라져서 이제 아무도 위험에 처하지 않을 텐데.

『왠지 오랜만에 돌아온 것 같아~.』

『드디어 푹신한 침대에서 잘 수 있겠네.』

『역시 나는 이곳이 편해.』

밖에서 친숙한 목소리가 들렸다.

그걸 알아차린 나와 나크는 숙소의 문으로 잔달음질 쳤다.

바깥에 여러 기척이 있었다.

그걸 다시 확인한 나는 문을 열었고— 시선 끝에 있는 우사토 일행의 모습을 시야에 담았다.

"아마코…… 나크……?"

그 목소리를 들은 순간, 참을 수 없었다.

지금까지 필사적으로 억눌렀던 감정이 넘쳐흐르는 것을 느끼며 나는 우사토에게 와락 안겼다.

꽉 끌어안아 확실하게 존재를 느꼈다.

단복에 밴 피와 땀과 진흙 냄새.

그것만으로도 우사토가 얼마나 위험한 곳을 달리고 왔는지 알 수 있었다.

"어서 와, 우사토……!"

"다녀왔어, 아마코."

내가 울먹이며 말하자 우사토는 온화하게 웃으면서 내 머리에 다정히 손을 올리고 그렇게 대답해 줬다.

제2화 쟁취한 평화!!

마왕군과의 싸움이 끝나고 이런저런 일이 있었다.

먼저, 많은 사람이 나를 걱정하고 화냈다.

다음으로, 싸움에 크게 공헌했다며 선배랑 카즈키와 똑같은 훈장을 받았다.

솔직히 수여식 때는 미치도록 긴장됐다.

그리고 다시 한번 루크비스에서 회담이 열렸다.

내용은 향후 마왕군의 처우에 관해.

이전에 조사한 마왕령의 현황 보고도 겸한 회담이었는데, 무엇보다 놀랐던 건 마왕 본인이 직접 루크비스에 온 것이었다.

어째선지 또 루크비스에 동행하게 된 나를 보자마자 허물없이 인사해 와서 기절할 뻔했지만 회담 자체는 무사히 이루어졌다.

그때 마왕령 조사 보고를 들었는데, 현지에 간 조사원들이 본 마왕령의 상황은 몹시 절박했다고 한다.

과일은커녕 풀조차 거의 없는 죽어 가는 대지.

마족들은 그런 극한의 환경 속에서 살아야 했다.

하지만 마족이 인간들을 침략하려고 한 사실은 변하지 않는다.

그래도 각국의 대표자들은 적의가 완전히 사라지진 않았어도 그 조사 보고를 듣고 마족들에 대한 인식을 크게 바꾸게 되었다.

그리고 마왕이 준 스크롤은 싸움이 끝나고 곧장 웰시 씨에게 넘겨서 조사해 달라고 부탁했다.

웰시 씨는 현재 몇몇 부하들을 데리고 미아라크에 있는 파르가 님 곁에서 스크롤을 연구하고 있었다.

전쟁이 끝나고 바로 갔다고 하니 놀라운 행동력이었다.

*＊＊

그렇게 싸움이 끝나고 두 달이 지났다.

나는 구명단에서 평화로운 일상을 누리고 있었다.

"역시 달리는 건 기분 좋아. 그렇지? 블루링!"

"크앙~!"

늘 이용하는 훈련장에서 블루링을 업고 달렸다.

전장에서 부상자를 치료하고, 그 후에는 루크비스에 다녀오느라 이런 일상을 보내는 건 정말로 오랜만이었다.

"훗, 역시 훈련이야."

전쟁이 끝난 지금, 구명단의 활동 목적은 사라져 버렸다.

하지만 앞으로 무슨 일이 일어날지 알 수 없기에 구명단은 쭉 존속하게 되었다.

전장에서 인명을 구조하는 대신, 재해가 일어났을 때 부상자 구조, 수색, 힘쓰는 활동이 거론되고 있었다.

"우사토는 이 이상 훈련해서 뭐가 되려는 걸까."

"글쎄? 근육 괴물이 되고 싶은 게 아닐까."

"그런 우사토는 상상하고 싶지 않아……."

근처 들판에서 아마코, 네아, 페름이 어이없다는 얼굴로 이쪽을 바라보고 있었다.

그쪽을 봤다가 아마코와 시선이 마주쳤다.

"……? 왜 그래? 우사토."

"아니, 최근 거의 매일 오는구나 싶어서."

"……민폐였어?"

바로 아마코가 불안해서 고개를 가로저었다.

"아니. 그냥 그렇게 생각했을 뿐…… 아?! 혹시 구명단에 들어오고 싶은 거야?! 지금이라면 임시 입단도 가능한데, 어때?!"

"싫어."

평범하게 거부당하고 말았다.

뭐, 반쯤 농담으로 한 말이니까 상관없지만.

다시 달리기에 집중하려고 하는데 네아와 페름이 필사적으로 아마코의 어깨를 잡는 모습이 보였다.

"그래, 아마코! 이참에 너도 들어와! 의식주가 전부 제공되는 데다가 온종일 저 녀석과 함께 있을 수 있어. 들어오면 손해는커녕 이득뿐이야! 들어와서 똑같은 고통을 맛봐!!"

"이 녀석 말이 맞아! 너도 같이 고통받아!!"

"둘 다 본심이 드러났어."

""헉?!""

쉬어서 그런지 둘 다 기운이 넘치는 것 같으니 슬슬 다시 훈련시키기로 할까.

"네아, 페름. 훈련 재개야."

내가 말하자 두 사람은 노골적으로 싫다는 표정을 지었다.

"싸움이 끝났으니까 이제 안 달려도 되잖아……."

"아니! 건강한 정신은 건강한 육체에 깃드는 법! 자, 너희도 건강한 육체를 만들자!!"

"너는 이미 건강한 수준이 아니거든!"

이건 문제다.

아무리 구명단이 당초의 존재 의의를 잃었다지만 우리는 유사시에 움직여야 한다.

"나는 부단장이야. 자, 달려."

살짝 의기양양한 얼굴로 명령해 봤다.

그러자 시끄럽게 저항하던 페름과 네아가 바로 얼굴을 찌푸렸다.

"야, 너 그건 최악이야."

"권력을 휘두르다니 그건 아니지~."

"미안. 내가 말했지만 나도 이건 아니다 싶었어."

역시 명령하는 건 나답지 않다.

응, 이제까지 그랬듯 이런 건 로즈한테 맡기고, 나는 입장과 관계없이 지내자.

"뭐, 어쨌든 훈련은 할 거지만! 블루링, 가라!!"

"크앙~!"

내 등에서 뛰어내린 블루링이 두 사람에게 달려들었다.

""으아아아아?!""

거대한 블루 그리즐리에게 쫓기게 된 두 사람은 비명을 지르며 뛰기 시작했다.

두 사람과 교대하듯 아마코에게 다가간 나는 열심히 달리는 블루링과 네아와 페름을 바라보며 어깨에서 힘을 뺐다.

"평화롭네."

"응. 눈앞의 광경은 차치하고, 평화로워."

아마코가 작게 미소 지어서 나도 따라 웃었다.

전쟁이 끝난 지금, 이 평화는 앞으로도 계속될까.

그렇게 생각하다가 아마코가 나를 올려다보고 있다는 걸 깨달았다.

"원래 세계로 돌아갈 수 있을지도 모르는 방법을 찾았다고 들었는데……. 우사토는 어떻게 할 거야?"

"……솔직히 지금도 모르겠어. 하지만 아직 그걸 정말로 쓸 수 있는지도 알 수 없고, 천천히 시간을 들여서 답을 찾고 싶어."

"시간이라면 얼마나? 1년? 2년?"

"하하, 그건 모르지. 하지만…… 그렇게 간단히 정할 수 있는 문제가 아니라는 건 분명해."

돌아갈 수단 따위 못 찾는 게 나았을 거라는 생각도 들었다.

그랬다면 지금 있는 세계와 원래 살던 세계를 저울질하며 고민하지 않아도 됐을 테니까.

"……우사토."

"응? 왜—."

"우사토 씨~!"

멀리서 나를 부르는 소리에 돌아보니 나크와 험상궂은 면상들이 훈련장 입구에서 이쪽으로 달려오는 것이 보였다.

모르는 사람이 보면 귀여운 소년을 뒤쫓는 도적 집단으로 보일 광경이지만, 그들도 조금 전까지 나크와 함께 거리를 달리고 온 것이었다.

숨을 헐떡이며 내 곁으로 온 나크에게 치유마법을 걸어 주면서 훈련의 소감을 물어봤다.

"나크, 험상궂은 면상들과 함께 달려 보니 어땠어?"

"헉, 하아……. 사, 상당히 힘들지만, 할 수 있을 것 같아요! 다들 상냥하게 말도 걸어 주시고요!"

"뭐?!"

저 녀석들이 상냥하게 말을 걸었다고?

나도 모르게 조금 떨어진 곳에서 트레이닝을 시작한 험상궂은 면상들을 보았다.

"아, 그러고 보니 우사토 씨. 로즈 씨가 단장실로 오라고 했어요."

"단장님이? 알았어. 너는 페름이랑 네아와 함께 훈련해 줘. 무리하지는 말고."

"알겠습니다!"

씩씩한 대답에 만족하며 아마코를 돌아보았다.

"미안, 아마코."

"아냐, 중요한 일일지도 모르니까."

생긋 웃는 아마코에게 고개를 끄덕여 대답한 나는 로즈가 있는 숙소로 향했다.

"……아마코는 무슨 말을 하려던 거였을까?"

불안해 보이는 표정이었다.

나는 개운치 않은 느낌을 받으며 걸음을 옮겼다.

***

로즈가 기다리는 단장실에 도착한 나는 평소처럼 문을 똑똑 노크한 후 방문을 알렸다.

들어오라는 말을 듣고 문을 열자 의자에 앉은 로즈가 안에 있었다.

네로 아젠스와 교전한 로즈는 네로가 가진 마검에 어깨를 심하게 다쳐서 일시적으로 치유마법을 받지 못하는 저주에 걸렸었다.

하지만 며칠이 지나 저주가 사라지자 곧장 활발하게 움직이기 시작했다.

군단장 세 명, 바르지나크, 마왕과 연속으로 싸운 내가 할 말은 아니지만, 네로와 사투를 벌인 직후의 만신창이 상태로 마왕에게 붙잡힌 우리를 해방한 것만 봐도 이 사람은 상당한 괴물이었다.

어깨가 나은 뒤로는 평소처럼 우리를 질타하며 전장의 부상자를 치료했고.

그렇게 변함없이 초인인 로즈에게 나를 부른 용건을 물어보았다.

"단장님, 제게 하실 말씀이라도 있나요?"

"……그래."

뭐지, 단장님답지 않은데.

괜히 이 사람의 부하로 있는 게 아닌지라 로즈의 이변을 바로 알아차렸다.

"혹시 네로에게 당한 상처에 후유증이……?"

"아니, 그쪽은 이미 완치됐어."

그럼 로즈는 왜 머뭇거리고 있는 걸까?

하지만 본인은 이유를 말할 생각이 없는지 한숨을 쉬며 팔짱을 끼고 평소와 같은 날카로운 시선을 내게 보냈다.

"성에서 너를 불렀다."

"저를요? 대체 무슨 용건으로……."

"……."

"단장님?"

의미심장하게 침묵하면 불안해지는데요…….

어? 나 뭔가 저질렀나?

솔직히 짚이는 구석이 너무 많다…….

"우사토."

"앗, 네?"

"나는 이미 네가 성에서 들을 내용을 전달받았어. 뭐, 지금 이런 말을 해도 이해하지 못하겠지만 말해 두마. 나는 네가 무엇을 택하든 이래라저래라 하지 않을 거야."

……어쩌지, 더더욱 뭐가 뭔지 모르겠어.

아무튼 뭔가 선택해야 한다는 건 알겠다.

근데 로즈를 이렇게나 고민에 빠뜨리는 일이라니, 대체 뭐지.

"그럼 얼른 가 봐."

"조금만 더 설명해 주시면 안 될까요……."

"그 설명을 성에서 듣는 거야. 두 용사도 기다리고 있어."

선배와 카즈키도……?

이대로 여기서 혼란스러워하며 두 사람을 기다리게 할 수도 없었다. 단장실을 나와 방으로 돌아간 나는 훈련복에서 단복으로 갈아입고 곧장 성으로 향했다.

"내가 무엇을 택하든……."

로즈는 내게 대체 무엇을 전하려고 한 걸까.

그건 모르겠지만, 어쨌든 지금은 서둘러 성으로 가야 했다.

❁제3화 예상외! 마주하게 된 현실!!

성에 도착한 나는 성문에 있는 아르크 씨에게 인사하고 안으로 들어갔다.

통로를 걸어가니 임금님이 있는 그레이트 홀로 가는 문 앞에 선배와 카즈키가 있었다.

"아, 우사토 군."

"안녕, 우사토."

"안녕하세요, 안녕."

일단 인사했다.

아무래도 나를 기다려 준 것 같았다.

"무슨 얘기를 하려는 걸까."

"선배랑 카즈키도 못 들었어요?"

"응, 하지만 뭔가 중요한 얘기인 것 같아."

"뭐, 준비되면 들어오라고 하겠지. 그보다 너는 지금까지 어떻게 지냈어?"

나를 돌아본 선배가 말을 걸어왔다.

"훈련했죠. 평상시 일상으로 돌아간 느낌이에요. 선배랑 카즈키는요?"

"우리도 똑같아. 로이드 님이 쉬라고 말씀해 주셔서 각자 일상을 보내고 있어."

"싸움이 끝났어도 그런 부분은 변함없네요."

"그러니까 말이야."

그렇게 선배와 함께 웃고 있으니 카즈키가 조금 복잡한 표정을 지으며 팔짱을 꼈다.

"하지만 우리가 이 세계에 소환된 이유는 마왕군과 싸우기 위해서였잖아. 그걸 위한 일상이 훈련이었으니까…… 마왕을 쓰러뜨린 후, 지금의 일상은 괜찮은 건가 싶어. 훈련하자는 마음이 사라진 건 아닌데 뭔가 목표가 사라진 느낌이야."

"카즈키 군은 그만큼 세리아와 프라나랑 같이 있을 기회가 늘었잖아."

"다과회에 자주 초대받아서요…… 하하하."

어이쿠, 이건 러브코미디인가.

이것저것 눈치챈 나와 선배는 섣불리 자극하지 않고 슬쩍 화제를 돌렸다.

"나는 그런 상실감 같은 건 못 느꼈어."

"그야 구명단은 훈련이 일이나 마찬가지니까."

"아뇨, 단순히 훈련을 좋아해서요."

"함박웃음?!"

이건 평범하게 본심이었다.

소환 직후 로즈에게 잡혀가서 들어간 구명단이지만 그 이후로는 전부 내 의지로 훈련했고, 노력이 그대로 밑거름이 되는 감각은 지금도 변함없이 충족감을 줬다.

다만 맨 처음에 느꼈던 기분은 달랐다.

"그리고, 음……. 저는 마왕군과 싸워야 하는 선배와 카즈키를 돕고 싶어서 노력한 게 시초였으니까요. 물론 지금도 그 마음은 변함없어요."

내가 말했지만 쑥스러워져서 뺨을 긁적였다.

"쿵!"

"선배, 심쿵 소리를 자기 입으로 내는 건 좀 그렇지 않나요……?"

좀 깨는데요.

그보다 심쿵 소리는 입으로 낼 수 있는 건가.

"하지만 그런 부분은 솔직히 부러워. 나는 책을 읽거나, 얼마 없는 친구인 아마코를 만나러 가는 것 말고는 할 일이 없는데."

"아무렇지도 않게 슬픈 말을 하네요……."

"그 아마코도 최근에는 집에 없어서 더더욱 고독감이……."

"아니, 그러면 구명단에 오면 되잖아요……?"

"열심히 훈련하는 너를 방해했다가 미움받으면 어쩌나 하는 생각이 들어서 갈 수 없었어……."

"귀찮은 사람이네요."

"하하하, 그건 너무 꼬아서 생각한 것 같은데요."

카즈키는 쓴웃음을 지었지만, 이건 그냥 꼬인 수준이 아니었다.

그런 일로 내가 선배를 싫어할 리가 없는데.

"아……! 차라리 나도 구명단에 들어갈까……?"

어째서 그런 생각에 이르렀는지 모르겠지만 선배는 그렇게 이해할 수 없는 소리를 하기 시작했다.

확실히 구명단의 입단 기준은 꽤 모호하니까 선배도 들어올 수 있을지 모른다.

뭐, 농담일 테니 진지하게 받아들일 필요는 없겠지.

"환영할게요."

"들어가도 돼?! 지쳐서쓰러졌을때우사토군이정성스레치유마법을 걸어주며다정하게안아주는것도가능해?!"

"죄송해요. 말이 너무 빨라서 뭐라고 하는지 전혀 모르겠어요."

이 사람, 혹시 진심인가?

그렇게나 할 일이 없나?

그렇다면 나도 한 번 생각해 봐야겠지만, 대체 어쩌면 좋지…….

선배가 진지하게 입단을 검토하고 있을 때, 갑자기 문이 열렸다.

"음? 벌써 다 모여 계셨습니까."

"시구르스 씨."

"기다리시게 해서 죄송합니다. 자, 안으로 들어오시죠."

링글 왕국의 기사단장 시구르스 씨의 말을 듣고 우리는 그레이트 홀에 발을 들였다.

안에 있는 사람은 로이드 님과 재상 세르지오 씨뿐이었지만, 지금까지 그레이트 홀에 없었던 물건이 놓여 있다는 걸 깨달았다.

"……분수?"

급조된 듯한 석조 분수대였다.

마도구가 들어 있는지 중심에서 물이 샘솟고 있었다.

"오오, 왔는가. 카즈키, 스즈네, 우사토."

로이드 님의 말에 무릎을 꿇었다.

로이드 님은 전쟁이 끝난 뒤로도…… 아니, 이전보다 더 바빴다.

링글 왕국은 마왕령과 가깝기도 해서 전후 마왕령을 어떻게 취급할지에 관한 각국과의 중개 역할을 맡고 있었다.

애초에 침략받은 당사자라 대화의 중심이라고 할 수 있지만, 링글 왕국의 왕인 로이드 님의 심로는 이루 헤아릴 수 없었다.

"오늘 그대들을 부른 것은…… 중요한 이야기가 있기 때문이라네."

"중요한 이야기요?"

"그래."

카즈키의 말에 로이드 님이 깊이 고개를 끄덕였다.

로이드 님과 세르지오 님, 그리고 옆에 시립한 시구르스 씨의 표정은 이곳에 오기 전에 만난 로즈와 비슷했다.

"다만 이야기하는 사람은 내가 아니네."

""""네?""""

로이드 님이 그렇게 말한 순간, 분수의 물이 부자연스럽게 흘러넘치더니 물로 만들어진 거울 같은 것이 출현했다.

거기에 거대한 푸른 용의 얼굴이 나타났다.

『우사토, 건강해 보여서 다행이군.』

위엄 있는 목소리로 그렇게 말한 것은 미아라크의 지하에 있는 신룡 파르가 님이었다.

사룡과 한 쌍인 존재이긴 하지만 우리에게 용사의 무구를 만들어 준 분이었다.

"어? 이분이 파르가 님?!"

"크다."

파르가 님의 모습을 처음으로 본 선배와 카즈키는 놀라서 눈이 휘둥그레졌다.

특히 선배는 엄청나게 들뜬 모습이었는데 파르가 님은 일부러 그쪽을 안 보려고 하는 것 같았다.

『현재 사경(寫鏡) 주술을 써서 너희가 있는 곳과 이곳을 물로 연결했다. 이동할 수는 없으나 원격으로 이야기할 수 있기에 그쪽에 마술의 매개체가 되는 물을 만들라고 했다.』

"파르가 님의 존재는 공개할 수 없어서 기밀이긴 하지만, 지금은 파르가 님의 말씀이 필요하니 말이지."

즉, 이곳에서라면 파르가 님과 연락할 수 있다는 건가.

네아가 여기 있었다면 굉장히 흥분해서 마술을 관찰했을 것 같다.

『우선 싸우느라 고생했다.』

"네. 노른 님과 레오나 씨, 그리고 카론 씨는 잘 지내고 있나요?"

『미숙자도 겨우 왕다워졌다. 아직 손이 가긴 하지만 말이다. 카론도 많이 회복되었다.』

파르가 님은 여전히 노른 님에게 엄격하구나.

노른 님이 미아라크의 여왕이기에 엄격하게 구시는 거겠지만.

『레오나는, 흠······.』

"⋯⋯?"

파르가 님의 시선이 밑으로 향했다.

하지만 그것도 잠깐, 곧 다시 내게 돌아왔다.

『어땠지? 싸움에서 도움이 되었나?』

"네? 그럼요. 레오나 씨가 와 주지 않았다면 저는 지금 여기 없었을 거예요. 아주 믿음직한 사람이에요."

『음, 그런가. 그럼 되었다.』

방금 그 질문에는 어떤 의도가 있었던 걸까.

자국의 용사인 레오나 씨의 평가가 궁금해서?

"우, 우사토 군, 파르가 님이 너에게 가진 호감도가 굉장히 높아⋯⋯."

"역시 아는 사이라 그런지 대단하구나⋯⋯."

이야기하다 보니 무심코 잡담을 나누고 말았지만, 앞에 임금님도 있는 자리였다.

아차 싶어서 로이드 님을 보자 미소 지어 주셨기에 화가 나시진 않은 것 같지만⋯⋯.

"아무튼 파르가 님. 오늘 저희를 부르신 건⋯⋯."

『음, 스크롤 때문이다.』

스크롤이라는 말을 듣고 우리는 놀란 표정을 지었다.

『링글 왕국의 마법사 웰시와 함께 스크롤을 조사했다. ⋯⋯물론 웰시도 이곳에 있다.』

그러자 파르가 님을 보여 주던 영상이 전환되어 이쪽을 올려다보고 있는 웰시 씨와 어째선지 얼굴을 양손에 묻고 있는 레오나 씨의 모습이 나타났다.

　웰시 씨는 다소 지친 얼굴로 웃으며 손을 흔들어 줬다.

　영상은 금세 다시 파르가 님의 모습으로 전환되었다.

『이 스크롤에 새겨진 술식을 복제하는 것은 현재로서 어렵다. 다른 차원에 통하는 마술을 쓰는 것이니까. 이 스크롤의 출처인 헤이갈 왕국도 이미 마왕이 멸망시켰다.』

　파르가 님 앞에 떠오른 빛나는 구체 속에 스크롤이 있었다.

　기록된 문자열이 금색으로 빛나는 그것은 이질적인 분위기를 풍겼다.

『—결과만을 말하자면 이 스크롤은 정상적으로 기능한다.』

"……! 쓸 수 있는 건가요?!"

　내가 말하자 파르가 님이 고개를 끄덕였다.

　……아니, 아직 질문해야만 하는 부분이 있다.

"하지만 그건 선대 용사가 살던 시대로 가는 물건일 텐데요……."

『이것은 전이자가 원래 있던 세계의 정보를 읽고 검색하여 그곳으로 전이시킨다. 지금은 선대 용사의 정보가 새겨져 있으나, 나는 그것을 백지화하여 덮어씌울 수 있다.』

"즉, 정보만 있다면 저희를 원래 살던 세계로 돌려보내는 것도 가능하다는 건가요?"

『그렇다.』

　선배의 말에 파르가 님이 고개를 끄덕여서 우리는 얼굴을 마주

보았다.

선배와 카즈키, 두 사람의 얼굴에는 기쁨이 아니라 불안과 곤혹이 떠올라 있었다.

분명 나도 비슷한 표정을 짓고 있을 것이다.

하지만 돌아갈 방법을 찾았을 뿐, 당장 답을 내야 하는 것은 아니었다.

『그러나 그 정보가 문제다.』

"······네?"

하지만 내 마음속을 꿰뚫어 본 것처럼 파르가 님이 그렇게 말했다.

『정보는 너희의 존재에 새겨진다. 원래 살던 세계의 잔재를 술식이 좌표로서 기억하는 것이다.』

즉, 눈에 보이지 않는 정보인 걸까?

이야기를 이해하지 못하고 곤혹스러워하는 우리에게 파르가 님은 계속 말했다.

『알기 쉽게 말하자면 그것은 『냄새』다. 너희 세계의 『냄새』는 조금씩 이 세계의 『냄새』에 지워지고 있다. 만약 너희의 존재가 이 세계에 완전히 물든다면─ 스크롤의 술식이 기억할 터인 너희 세계의 『냄새』는 사라져 버린다.』

"""······."""

거기까지 설명을 들으니 파르가 님이 무슨 말을 하려고 하는지 이해되고 말았다.

이어질 말을 듣는 게 무서웠다.

아무도 말을 꺼내지 않자 내 옆에 있는 선배가 핵심을 찌르는 질문을 던졌다.

"……지금 저희에게 남은 시간은 어느 정도인가요?"

파르가 님의 눈이 가늘어지더니 빛났다.

몇 초쯤 침묵한 후 작게 한숨을 쉰 파르가 님은 자신의 감정을 억누르듯 크게 입을 열었다.

『……약 석 달. 그것이 너희가 스크롤을 사용할 수 있는 기한이다. 그 전에 너희는 이 세계에 남을지 원래 세계로 돌아갈지를 선택해야만 한다.』

그제야 마침내 나는 로즈의 말을 이해했다.

원래 살던 세계와 지금 있는 세계.

우리는 그 둘을 천칭에 올리고 택해야 한다.

🌸제4화 미래를 위해! 로이드의 이상과 각오!!

남은 시간은 석 달.

파르가 님에게 그 말을 듣고 일주일이 지났다.

우리가 어느 세계에 남을지 선택해야 한다는 것은 구명단 사람들과 아마코, 그리고 우리와 인연을 맺은 각 왕국의 사람들에게도 전해졌지만, 당사자인 내가 이토록 고민하게 될 줄은 몰랐다.

좀 더 나중에 생각해도 될 줄 알았다.

예상치 못한 제한 시간을 받은 나는 현실을 받아들이지 못하고 멍하니 하루하루를 보내고 있었다.

"……윽."

달렸다.

마음을 비우고 그저 달렸다.

머릿속에 떠오르는 사념을 털어 내듯 하염없이 달렸지만, 그래도 안 좋은 상상은 멈추지 않았다.

"……윽, 하아……!"

훈련장을 마구 달린 나는 흐트러진 숨을 고르며 들판에 앉았다.

일주일 내내 나에게 주어진 선택지만 생각하고 있었다.

"야."

"응?"

어느새 옆에 온 페름이 불쑥 나를 불렀다.

앉은 채로 돌아보니 페름은 언짢은 얼굴이었다.

"……왜, 왜 그래?"

"윽, 아무것도 아니야! 이 근육 바보!!"

느닷없이 나를 매도하고서 페름은 어딘가로 달려가 버렸다.

얼떨떨해하고 있으니 페름과 같이 있던 네아가 옆으로 다가왔다.

"역시 쟤는 솔직하지 못하다니까."

네아는 쓴웃음을 지으며 내 옆에 앉았다.

돌이켜 보면 내 사정이 알려졌을 때도 네아만큼은 전혀 동요하지 않았던 것 같다.

「흐응~」 하는 느낌으로 반응이 희미했었다.

혹시 네아에게는 어찌 되든 좋은 일인 걸까?

함께한 시간이 길었던 만큼 은근히 충격이었다.

떨리려고 하는 목소리를 가다듬으며 앞을 보고 있는 네아에게 물어봤다.

"너는 어떻게 생각해?"

"응? 네가 여기 남을지 원래 세계로 돌아갈지에 관해? ……음~ 별생각 없어."

"……매정한 녀석!"

"아니, 그렇게 상처받을 줄은 몰랐는데."

충격받은 내 어깨를 툭 친 네아는 어쩔 수 없다는 듯 웃었다.

네아는 다리를 끌어안는 자세로 고쳐 앉고서 수심 어린 눈으로 하늘을 올려다보았다.

"살아온 세월이 다르니까. 살다 보면 언젠가 이별이 찾아와. 나는 그런 걸 털고 일어나는 게 특기라서 네가 돌아갈지도 모른다는 얘기를 들었을 때도 어쩔 수 없다고 생각했어."

"그런가……."

"하지만 물론 네가 없어지면 슬플 거야. 왜냐하면 너는 내 처음이자 마지막 주인이니까."

그런 말을 들으니 아무 말도 할 수 없었다.

내심 기쁘기도 하지만, 결과적으로 선택이 더 괴로워지고 말았다.

"어라…… 아무래도 너한테 손님이 온 것 같아."

네아가 훈련장 입구를 보고 그렇게 중얼거렸다.

"나는 방해될 테니까 잠깐 자리를 비킬게."

"어, 응."

자리에서 일어난 네아가 멀어졌다.

나도 일어나서 훈련장 입구를 보자 원래 이곳에서 절대 볼 수 없는 인물이 있었다.

외출용인지 눈에 띄지 않는 검은 옷을 입은 남성이 나를 보더니, 그의 입장을 생각하면 상상도 할 수 없을 만큼 소탈하게 손을 흔들었다.

"오오, 우사토. 여기 있었나."

"로, 로이드 님……?!"

링글 왕국의 국왕, 로이드 블루가스트 링글.

이 나라의 최고 권력자가 구명단의 훈련장에 와 있었다.

로이드 님은 호위로 데려온 것 같은 시구르스 씨와 한두 마디 말을 나누고서 내 쪽으로 왔다.

나를 본 시구르스 씨는 미안해하는 표정을 짓고 있었고, 긴장 때문인지 위 부근을 누르고 있었다.

"갑자기 찾아와서 미안하네. 편하게 있게."

"앗, 네. 그런데 왜 로이드 님이 이곳에? 제게 하실 말씀이 있다면 부르셔도 됐는데……."

"자네와는 언제 한번 이렇게 이야기해 보고 싶었거든."

"하아……."

어쩌지. 나도 긴장으로 속이 쓰려지려고 한다.

사마리알의 왕인 루카스 님과 이야기할 때와는 전혀 달랐다.

"옆에 앉아도 되겠나?"

"그, 그럼요."

"음."

로이드 님이 옆에 앉아서 더더욱 긴장했다.

여러모로 힘든 침묵을 견디고 있으니 로이드 님이 불쑥 입을 열었다.

"역시 고민하고 있는가."

"……네."

무심코 가라앉은 목소리로 대답한 나를 본 로이드 님은 아득히 먼 곳을 응시하듯 얼굴을 들었다.

"나는 내 인생을 걸고 인간과 마족의 융화를 위해 힘을 다할 생각이네."

"네?"

갑작스러운 선언이었다.

로이드 님은 얼떨떨해하는 내 반응에 미소 짓고서 계속 말했다.

"싸움이 끝나면서 처음으로 마족을 알 기회가 생겼네. 마왕령에 조사원을 파견하고, 다름 아닌 마왕 본인에게 마족의 현재 상황과 그들이 사는 환경에 관해 들었지."

"……."

"마족이 이 나라를 공격한 것은 틀림없는 사실이네. 생존을 위한 싸움이었다지만 그걸 용서해서는 안 돼."

"……그렇죠."

마왕군의 침략으로 많은 기사가 목숨을 잃었다.

우리 구명단의 활동이 있었어도 그 사실은 변함없었다.

"마족을 멸망시켜야 한다는 과격한 의견도 나오고 있지만, 그러면 후에 큰 화근이 남을 게 명백해."

"그래서 융화인가요?"

"원망하는 자도 있겠지. 납득하지 못하는 자도 있을 거야. 그래도 싸움의 불씨를 후대에 남기지 않기 위해서도 마족과의 융화는 빼놓을 수 없는 일이라고 생각하네."

긴 여정일 것이다.

수백 년 전의 싸움과 현시대의 싸움으로 마족에 대한 인간의 인식은 여전히 나빴다.

설령 마족을 둘러싼 열악한 환경이 세상에 알려지더라도 평가가 그렇게 간단히 바뀌지는 않을 것이다.

"어려운 이야기라는 것은 알고 있네. 하지만 그래도 누군가가 해야만 하는 일이야."

"그걸 로이드 님이 하시겠다는 건가요?"

"그래. 내가 생각하기에도 험한 길일 것 같지만."

나를 보며 쓴웃음을 짓는 로이드 님의 모습에 말문이 막혔다.

그만한 각오를 로이드 님은 하고 있었다.

하지만 몹시 어려운 이야기라는 것은 나도 이해할 수 있었다.

그때, 어떤 생각이 내 머릿속에 떠올랐다.

"제가 마족과 인간의 중재자가 되는 건 어떨까요?"

그 가능성을 생각하지 않았던 것은 아니었다.

나라면 마족에 대한 이해가 조금은 있고, 적이었다고는 하지만 군단장이나 마왕과도 면식이 있었다.

그리고 무엇보다― 마족인 페름과 친해졌다는 전례가 있으니까 중재자가 될 수 있을지도 모른다고 생각했다.

내 제안에 로이드 님은 눈을 감고 고개를 끄덕였다.

"더할 나위 없이 든든한 말이지."

"그럼……."

"하지만 이건 우리가 해결해야만 하는 문제라네."

로이드 님은 내 어깨에 가만히 손을 얹고 안심시키듯 웃었다.

"자네가 필요 없다는 말은 아니야. 지금까지 우리는 용사 카즈키와 스즈네, 그리고 소환에 휘말린 자네에게 의지하기만 했어."

"……."

"원래 우리끼리 해결해야 하는 문제를 아직 어린 그대들에게 맡기고 말았어. 그렇기에 이 이상 그대들을 의지해서는 안 된다고 생각했네. 그리고……."

거기서 일단 말을 끊은 로이드 님은 다시금 나를 보았다.

"그대들이 목숨 걸고 쟁취해 준 평화야. 그 은혜에 보답하기 위해서도 내 인생을 걸고 달성해야만 해."

그렇게 말하고 로이드 님이 내 쪽으로 몸을 돌렸다.

이 세계에 와 처음 봤을 때부터 변함없는 자상하고 올곧은 시선에서 나는 눈을 돌릴 수 없었다.

"그러니 우사토. 우리는 신경 쓰지 않아도 되네."

"……!"

"자네는 로즈와 닮았으니 말이지. 자네가 고민하는 이유 중에 마족에 대한 걱정도 있으리란 건 대충 알 수 있었어."

로이드 님이 말한 대로, 마족이 어떻게 될지는 나도 걱정하고 있었다.

마족은 내게도 적이었지만, 페름이나 코가를 알기 때문에 싸잡아서 나쁜 사람들이라고는 생각할 수 없었다.

"나는 예전에도 이곳에 온 적이 있었네."

생각에 잠겨 있으니 불현듯 로이드 님이 그렇게 말했다.

"……그런가요?"

"그래. 로즈를 찾아왔었지."

그렇다면 내가 소환되기 전인가…….

로이드 님이 직접 찾아오다니, 어떤 상황이었던 걸까?

"예전에 로즈도 자기 자신을 잃을 뻔했어."

"혹시 단장님의 부하가 죽었을 때를 말씀하시는 건가요……?"

"맞네. 그래도 로즈는 다시 일어나서 구명단을 조직하고 사람들을 구하는 길을 택했네."

그렇게 말하고 로이드 님이 일어났다.

"나는 자네도 후회 없는 선택을 하길 바라네. 누가 골라 준 것이 아닌 자네만의 답을 찾게."

"……네."

잠시 간격을 두고 고개를 끄덕이자 로이드 님은 온화하게 미소 지었다.

나만의 답인가.

당장은 답을 낼 수 없을 것 같지만, 마음이 조금 가벼워진 것은 분명했다.

"너무 오래 붙잡고 있었군. 미안하네. 그래도 자네와 이야기해서 좋았어."

"로이드 님, 그…… 감사합니다."

"고마워할 사람은 나지. 나야말로 고맙네. 우사토."

로이드 님은 그렇게 말하고서 입구에 있는 시구르스 씨에게 갔다.

그 뒷모습을 바라보고 있으니 자리를 비켜 줬던 네아가 돌아왔다.

"이 나라의 임금님도 여러 가지 의미로 대단한 사람이야. 착해 빠졌다고 할까……."

"그게 로이드 님의 좋은 점이지."

나도 긴장이 풀려서 그대로 잔디 위에 드러누웠다.

늘어진 내 얼굴을 들여다본 네아는 다소 어이없어하며 말했다.

"그래서, 어쩔 거야?"

"아직 답은 안 나오려나……."

그렇게 간단히 답을 낼 수 있는 문제는 아니었다.

그걸 아는지 네아는 그 이상 추궁하지 않고 맞장구쳤다.

"흐응~ 뭐, 괜찮지 않을까? 고민한다는 건 그만큼 네가 이 세계를 각별히 여긴다는 거잖아."

"하하하, 맞아."

"하지만 조심해. 다들 나처럼 담담히 받아들이지는 않으니까. 특히 페름…… 그 아이는 상당해."

"……그래."

내가 두 세계 중 하나를 택하는 이상 피할 수 없는 것.

그건 바로 이별이다.

이 세계를 택하면 원래 살던 세계의 가족과 친구들과.

원래 살던 세계를 택하면 이 세계에서 만난 많은 사람과.

어느 쪽이든 내게는 소중했다.

어느 쪽을 택하든 그건 각오해야 했다.

✿제5화 용사의 결단!!

구명단에 직접 찾아온 로이드 님으로부터 인간과 마족의 융화라는 목표와 각오를 들었지만 나는 여전히 답을 내지 못하고 있었다.

애초에 이런 문제는 혼자 생각해 봤자 끝이 나지 않는다.

그걸 깨달은 나는 성에 있는 선배와 카즈키를 만나기로 했다.

"아, 우사토 님."

"안녕하세요, 아르크 씨."

성으로 간 나는 성문을 지키는 아르크 씨와 얼굴을 마주했다.

"이제 성도 좀 안정됐나요?"

"네. 마침내 전후 처리가 끝나서 저희도 이렇게 원래 직무로 돌아오게 되었습니다."

"싸움이 끝나고 참 고생했죠."

"네, 정말 큰일이었습니다."

마왕과 싸우고 난 전장은 엉망진창이었다.

하늘에서 쏟아진 불덩이 때문에 불타고 구멍이 뚫린 땅을 고르고, 도처에 떨어져 있는 검과 화살을 정리하는 등 할 일이 많았다.

우리 구명단도 싸움이 끝났다고 해서 쉴 새는 없었다.

긴장이 풀린 올가 씨는 쓰러져 버렸고 로즈도 중상을 입었기에 필연적으로 부단장인 내가 솔선하여 움직여야 했다.

"중상을 입었으면서도 태연하게 움직이려 드는 단장을 제압하느라 힘들었어요."

"하하하."

마왕과 싸우느라 체력이 소모된 나보다 훨씬 크게 다쳤는데도 아무렇지도 않은 얼굴로 일어난 로즈가 부상자를 치유하려고 해서 필사적으로 말렸다.

실례를 무릅쓰고 이마를 짚어 보니 고열을 내고 있었고 시선도 어딘가 몽롱했다.

『걱정하지 마. 이게 내 평상시 체온이야, 멍청아.』

로즈의 말투와 매도가 평소처럼 매섭지 않았다.

그 사실을 깨닫고 우리는 엄청난 위기감을 느꼈다.

『험상궂은 면상들! 지금 당장 단장님을 쉬게 한다!!』

『『『『오우!!』』』』

그렇게 우리는 전력으로 로즈가 휴식을 취하게 했고, 필사적인 설득 끝에 어깨 부상에 걸린 저주가 풀릴 때까지 얌전히 있게 만들 수 있었다.

며칠 만에 부상의 영향 따위 조금도 느껴지지 않을 만큼 회복된 것은 역시 대단했지만.

"아르크 씨는 어떻게 지내셨어요?"

"저는 예전처럼 여기서 수위로 일하고 있습니다. 특별히 달라진 건 없습니다."

거기까지 말하고 뭔가 떠올랐는지 「아」 하고 소리를 낸 아르크 씨는 함께 여행했을 때 몇 번이나 보았던 온화한 미소를 지었다.

"······아니네요. 마왕군의 위협이 사라져서 긴장을 조금 풀게 되었습니다. 물론 수위라는 자각은 확실하게 가지고 있지만, 이건 큰 변화라고 할 수 있습니다."

마족이 언제 습격할지 걱정하지 않아도 되는 것은 확실히 좋은 일이다.

"앞으로도 평화가 계속되면 좋겠어요."

"용사님과 우사토 님이 가져와 주신 평화니까요. 저희도 그러길 바랄 따름입니다."

새삼 아르크 씨가 그렇게 말해서 쑥스러워졌다.

아무튼, 아쉽지만 얼른 선배에게 가야겠지.

"아르크 씨, 시간을 뺏어서 죄송해요."

"아닙니다. 우사토 님과 오랜만에 이야기할 수 있어서 좋았습니다. 기회가 있다면 그때 또 이야기를 나눠 주시길."

"네, 그럼 이만."

나는 아르크 씨에게 손을 흔들며 성으로 들어갔다.

***

스쳐 지나가는 사람들에게 인사를 받으면서 통로를 나아가 두 사람과 만나기로 한 정원으로 향했다.

분명 테이블과 의자가 놓여 있는 곳이었지?

"여기인가……."

다채로운 꽃들이 심어진 정원.

유리문을 열고 안을 둘러보니 바로 테이블이 보였다.

아, 벌써 누가 와 있는 모양이다.

자세히 보니 선배가 앉아 있는 것 같았다.

"……좋은 향이야. 마치 나의 앙뉘한 심정을 우려낸 것 같은 홍차야."

……어쩌지, 선배가 그럴싸하게 분위기를 잡고서 홍차를 즐기고 있다.

훗, 하고 한숨을 쉰 선배는 들고 있던 찻잔을 받침에 올렸다.

"근데 우사토 군이랑 카즈키 군이 안 오네. 이건 그건가? 나만 마음이 급해서 빨리 와 버린 거야? 아니면…… 둘 다 잊어버렸나? 어쩌지, 불안해졌어……."

혼잣말한 선배가 불안해하기 시작했다.

이 사람, 본성이 너무 빨리 드러나지 않아?

안절부절못하며 주위를 둘러본 선배는 나를 발견하고 표정이 환하게 밝아졌다.

"아, 우사토 군! 여기야, 여기!!"

"예이예이……."

쓴웃음을 지으며 선배 곁으로 가서 일단 앞자리에 앉았다.

"우사토 군, 홍차 마실래?"

"그럼 앙뉘한 심정을 우려낸 거로."

"보, 보보보, 보고 있었어?! 그, 그건, 어어, 그런 게 아니라……!"

설마 누가 보고 있을 줄은 몰랐는지 얼굴이 새빨개져서 허둥거리는 선배의 모습에 나도 모르게 웃고 말았다.

불과 얼마 전에 함께 사선을 넘었다는 게 믿어지지 않는 온화한 분위기였다.

따라 준 홍차를 마시며 부끄러워하는 선배에게 말했다.

"카즈키는 아직 안 왔어요?"

"스, 슬슬 올 거야."

그럼 여기서 기다릴까.

……이 기회에 예전부터 궁금했던 점을 물어보자.

"그러고 보니 선배는 성에서 카즈키랑 같이 행동하나요?"

"훈련이나 용사 관련 일이 있을 때는 자주 같이 행동해. 하지만 보통은 안 그런 편이야."

"흐응, 그랬군요."

"같은 용사라고 해서 온종일 함께 행동하진 않아. 오히려 나는 기본적으로 혼밥이야."

"슬픈 소리 하지 말아 주세요."

"나는 혼자 밥 먹어. 때로는 방에서, 때로는 식당에서, 동경하는 시선은 받지만 같이 먹을 자는 없으니. 나는 고독한 용사라네……."

"말은 하기 다름이네요……."

쓸데없이 표현이 멋있어서 조금 짜증 났다.

외모만큼은 빼어난 미인이고 용사라는 입장이라 다들 주눅이 들어서 같이 밥 먹자는 말을 못 꺼내는 걸까?

"가끔 프라나랑 세리아가 같이 먹어 주지만, 최근에는 카즈키 군을 위해 사양하고 있어."

"선배, 다음에 같이 밥 먹을래요?"

"그래도 돼? 가족이 되는 거야?"

"이야기가 너무 비약되지 않았나요?"

지금 명백하게 5단계 정도 건너뛰었죠?

심지어 눈이 진심이다.

이 사람 뭐야. 되게 부담스럽지 않아……?

같이 밥 먹었을 뿐인데 가족이 되는 세계라니, 그런 곳이 있긴 해……?

"우사토~!"

"아, 카즈키."

내심 전율하고 있으니 조금 늦게 카즈키가 왔다.

손을 흔들면서 이쪽으로 오는 카즈키에게 마주 손을 흔들어 인사하여 맞이했다.

"미안, 많이 기다렸어?"

"아니, 나도 방금 왔어."

카즈키의 미소는 변함없이 산뜻했다.

그런 대화를 나누고 있자 앞에 앉은 선배가 다소 질린 듯한 모습으로 말했다.

"너희, 일부러 그러는 거야……?"

““네?””

“……아냐, 됐어. 응, 하지만! 사실은 내가 그걸 하고 싶었다는 말은 해 두겠어!”

죄송해요, 무슨 뜻인지 모르겠어요.

아무튼 세 명이 모두 모였으니 상담을 시작하자.

“저기, 그게…… 스크롤에 관한 건데요.”

나는 두 사람에게 고민을 털어놓기로 했다.

원래 살던 세계와 지금 있는 세계, 어느 쪽을 택하면 좋을지 여전히 망설이고 있다는 것.

얼마 전 구명단에 온 로이드 님과 이야기한 것.

그리고 두 사람은 어떻게 할 것인지, 어떻게 생각하고 있는지.

그 물음에 먼저 대답한 사람은―.

“나는 원래 세계로 돌아갈 생각이야.”

의외로 카즈키였다.

세리아 님과 프라나 씨가 카즈키를 어떻게 생각하는지는 나도 알 수 있었다.

아마 카즈키도 알고 있을 터다.

선배도 카즈키의 결심을 몰랐는지 경악하여 눈을 동그랗게 뜨고 있었다.

“카즈키 군, 어째서……?”

“솔직히 죽어라 고민했어요. 토하기도 했고, 잠들 수 없는 밤이 이어졌어요.”

자기 손을 바라보듯 고개를 숙인 카즈키는 왜 그런 생각에 이르렀는지 경위를 이야기하기 시작했다.

"원래 살던 세계에는 가족이 있어요. 하지만 이 세계에도 가족만큼 소중한 존재가 있어요. 그 둘을 비교하며 생각하는 건 무엇보다 괴로웠어요."

『가족』이란 단어를 듣고 나는 선배를 보았다.

이 세계에 온 지 얼마 안 되었을 무렵 링글의 어둠에서 조난되었을 때, 선배는 원래 살던 세계에 미련이 없다고 말했었다.

그런 선배는 카즈키의 말을 어떻게 생각하고 있을까.

하지만 지금 선배의 표정만 봐서는 생각을 읽을 수 없었다.

"처음에는 선배와 우사토의 선택을 따를 생각이었어요. 그럼 안 된다는 걸 알았지만 그게 편했으니까요."

"하지만 너는 그러지 않았어."

내 말에 카즈키는 곤란한 듯 고개를 끄덕였다.

"세리아랑 프라나한테 혼났거든. 아주 심하게."

"아, 그래서 그 소동이 벌어진 거구나."

카즈키의 말에 선배는 이해했다는 반응을 보였다.

"무슨 일 있었어요?"

"얼마 전에 카즈키 군이 프라나랑 세리아한테 얻어맞았어."

"어? 그랬어?"

"하하하, 창피하게도……."

프라나 씨는 그렇다 쳐도, 온후해 보이는 세리아 님에게 얻어맞다니 상당한 일이다.

어떤 광경일지 상상도 못 하고 있으니 선배가 감개에 잠겨서 고개를 끄덕였다.

"뺨에 주먹 자국이 난 카즈키 군을 봤을 때는 깜짝 놀랐지."

"어, 주먹?!"

"응, 프라나가 근성 없는 놈이라며 주먹을 날렸어. 세리아는 손바닥이었는데……."

의, 의외로 프라나 씨는 무투파 같은 구석도 있구나…….

조금 과한 것 같다는 생각도 들지만, 주먹 정도는 날려야 할 만큼 카즈키의 정신 상태가 심각했던 걸까?

"그때 나는 우사토랑 선배가 이 세계에 남는다면 나도 남고, 원래 세계로 돌아간다면 나도 돌아간다면서 스스로 생각하기를 포기한 채 수동적으로 따르려고 했어."

"그래서 두 사람은 화가 난 거구나?"

"선택에서 도망치지 말라고, 자기 자신을 잃지 말라고 하더라. 그리고 자기들이 아니라 나 자신을 우선하라고 했어."

선택에서 도망치지 말라고.

그건 마치 내게 하는 말 같았다.

"그래서 다시 고민했고…… 세리아랑 프라나와도 이야기를 나눈 끝에 나는 원래 세계로 돌아가기로 했어."

"그 결단에 후회는 없어?"

"물론 있어. 하지만 선택에서 도망치면 안 된다는 걸 배웠으니까."

카즈키는 힘없이 웃었다.

그 표정만 봐도 카즈키가 얼마나 각오하고 그 답을 택했는지 이해할 수 있었다.

"원래 살던 세계에서는 항상 수동적이었어. 그런 자신을 싫어하면서도 변하지 못했지만, 이 세계에서 많은 사람에게 도움을 받고 바뀌게 된 것 같아."

휩쓸려 가지 않고 스스로 생각하여 행동한다.

말하는 건 간단하지만 실천하기는 매우 어렵다.

"그래서 세리아와 프라나에게는 고마워하고 있어. 이런 나를 꾸짖고 지지해 줘서."

쑥스러워하며 그렇게 말하는 카즈키를 보고 나와 선배도 따라서 웃었다.

하지만 카즈키는 곧장 생각에 잠겨 깍지 낀 손에 턱을 얹고 내게 시선을 보냈다.

"하지만 최근 두 사람의 시선이 조금 무서워. 가능하다면 우사토에게도 상담하고―"

"그렇구나. 카즈키 군도 각오를 한 거네!"

선배가 중간에 카즈키의 말을 잘랐다.

무심코 그쪽으로 얼굴을 돌리자 짐짓 헛기침을 한 선배가 입을 열었다.

"그럼 다음은 내 차례인가."

"선배도 이미 결정했나요?"

카즈키는 선배도 이미 어느 세계를 택할지 결정한 것에 놀란 듯했다.

"응. 나는 카즈키 군과 조금 다르지만."

"다르다는 건⋯⋯ 그런 거군요⋯⋯."

선배의 말을 듣고 알아차렸는지 카즈키의 표정이 어두워졌다.

나는 선배라면 이 세계에 남으리라고 생각했기에 충격이 크지 않았지만 카즈키에게는 상당한 충격이리라.

그런 카즈키를 보고 쓰게 웃은 선배가 갑자기 내게 시선을 보냈다.

"우사토 군. 링글의 숲에서 했던 얘기 기억해?"

"⋯⋯네, 지금도 기억해요."

"숲속에 단둘뿐. 우리는 열심히 서로를 도우며 우정을 키웠지⋯⋯."

"선배가 방심해서 제가 마물의 몸통 박치기를 맞은 것 말이죠?"

"그, 그그그, 그런 일도 있었지⋯⋯."

미화하면 쓰나.

그때 선배는 꽤 까불거렸고, 그 사실을 잊어서는 안 된다.

어쨌든 그때 일에서 중요한 건 조난된 밤에 나눈 대화였다.

"역시 선배는 원래 세계에 미련이 없나 보네요."

"응, 내 대답은 그때와 똑같아. 집도 가족도 어찌 되든 좋고, 거짓된 나로 살아야 하는 학교도 관심 없어."

원래 살던 세계에서 선배에게 무슨 일이 있었는지는 모르겠지만 그 생각은 여전히 변함없는 듯했다.

"그럼 선배는 이 세계에 남기로 한 건가요?"

"아니, 꼭 그렇지는 않아."

"……? 무슨 뜻이죠?"

잠깐, 단숨에 이야기가 알 수 없어졌다.

옆에 있는 카즈키도 혼란스러운지 고개를 갸웃했다.

그럼 선배는 원래 살던 세계로 돌아가는 건가?

하지만 조금 전까지 돌아가기 싫다는 식으로 말했는데…….

"나는……."

거기까지 말한 선배는 나와 지그시 시선을 맞췄다.

"……나는 네가 있다면 어느 세계든 상관없어."

"……네?"

내가 있다면 어느 세계든 상관없다고?

예상치 못한 대답이 튀어나와 혼란스러워하면서도 의문을 꺼냈다.

"하지만 선배, 그건 프라나 씨에게 얻어맞은 카즈키의 답과 똑같은 것 아닌가요?"

"아니, 달라. 왜냐하면 나는 망설이지 않으니까. ……그렇겠지?"

말이 끝나자마자 불안해졌잖아요.

마음을 다잡듯 헛기침한 선배는 씩 웃었다.

"네가 생각하는 것보다 이유는 훨씬 단순해. 네가 있어서 나는 즐거워. 네가 있기에 나는 참된 나로 있을 수 있어. 그러니까 네가 가는 곳으로 나도 따라갈 생각이야."

"……."

나는 어떻게 대답해야 하지?

상담하러 왔을 텐데 고민이 더 깊어진 것 같기도 했다.

"저는……."

선배는 기본적으로 유감스러운 사람이다.

자신의 욕망에 충실하고 엉뚱한 행동을 하기도 한다.

그래서 고생한 적도 있지만, 동시에 기운을 받은 적이 있는 것도 틀림없었다.

"솔직히 선배가 있으면 시끌벅적해서 심심하지 않아요."

"오오!"

"하지만 역시 부담스러워요."

"괜찮아! 부담스러운 여자라는 자각은 있으니까!"

선배가 뻔뻔하게 나오자 카즈키도 쓴웃음을 지었다.

하지만 나는 어째선지 안심하고 말았다.

이누카미 스즈네라는 인간은 끝까지 한결같을 것이다.

"그게 내가 내린 답이야. 네가 있으면 그곳이 어디든 나는 나로 있을 수 있어. 그런 예감이…… 아니, 그런 확신이 있어."

자신만만한 표정으로 그렇게 말한 선배는 의자에 등을 기댔다.

"다만 이 얘기는 다른 사람한테 하지 말아 줘."

"괜한 혼란을 피하기 위해서요?"

"아니, 그런 게 아니라. 이 얘기가 새어 나가면 습격받을지도 모르거든."

"선배는 대체 무엇과 싸우고 있는 건가요……?"

"훗, 어떤 의미로는 마왕보다 무서운 존재야……."

선배, 목소리가 심하게 떨리고 있는데요.

아니, 진짜 무슨 얘기를 하고 있는 거야?

이런 부분은 평상시의 선배와 똑같구나.

"설마 내 선택을 선배가 따라올 줄이야……."

원래 살던 세계와 지금 있는 세계.

어느 쪽을 택하든 이 사람은 불평하지 않을 것이다.

불평하면 내가 화낼 거다.

"원래 세계의 생활인가……."

원래 세계에서 나는 평범한 일상에 싫증이 나 있었다.

그리고 이 세계에 소환되어 비일상이 시작되었다.

싸우느라 지친 건 아니고, 너무 많은 사람의 죽음을 접하여 마음이 병든 것도 아니다.

하지만 예전의 일상이 그립다는 생각도 들었다.

"이런 게 향수병일까."

"네 경우에는 고향이라기보다 세계 자체에 대한 그리움이겠지만 말이야."

"그 마음 이해해, 우사토."

선배는 쓴웃음을 지었고, 카즈키는 고개를 주억거리며 동의해 줬다.

결국 내 안에서 답이 나오지는 않았다.

하지만 카즈키가 원래 세계로 돌아갈 생각이라는 것과 선배가 내 선택을 따라올 생각이라는 것은 알았다.

선배는 그렇다 치고, 확실하게 결심한 카즈키는 대단했다.

나도 제대로 답을 내야겠지.

***

그 후로도 셋이서 한참 이야기하다가 슬슬 파장 분위기가 되었을 때.

"아, 맞다. 우사토 군, 조만간 마왕령에서 대사가 온다는 거 알아?"

"대사요?"

"응, 아마 군단장이 올 것 같은데, 마족 대표로 파견된대."

링글 왕국은 마족과의 가교 역할을 맡고 있었다.

그렇기에 마왕령에서 사자가 오더라도 이상하지는 않지만…….

"대체 누가 오려나."

"아미라 아닐까? 적이었지만 꽤 성실해 보이는 사람이었어."

"애초에 군단장 대부분이 위험한 사람이니까요……."

"그건 그래……."

카즈키가 넌더리를 내며 고개를 끄덕였다.

그러고 보니 카즈키도 코가랑 싸웠지.

네로는…… 로즈와 마주치면 어떻게 될지 너무 무섭다.

한나 씨는 기사들에게 너무 원한을 많이 사서 대사로 적합하지 않을 것이다.

"뭐, 어쨌든 구명단에 있는 저하고는 무관한 이야기일 것 같네요."

"그것도 그러네."

"하지만 알려 주셔서 고맙습니다."

"감사 인사는 필요 없어. 우리 사이에 뭘."

자신의 답을 밝혀서 후련해졌는지 선배가 묘하게 적극적으로 굴었다.

나는 그걸 무시하고 카즈키를 보았다.

"오늘 고민 들어 줘서 고마워. 카즈키."

"아냐, 고민되는 마음은 나도 뼈저리게 이해하니까. 또 고민이 있으면 언제든 상담해 줘."

"응, 그럴게."

"나한테도 거리낌 없이 상담해도 돼."

"아뇨, 선배는 됐어요."

"진지하게 거부당했어……?!"

뭐, 농담이지만.

결국 나의 답은 찾지 못했으나, 이래저래 즐겁게 이야기하여 마음이 조금 가벼워진 것 같았다.

🌸제6화 예기치 못한 내방자와 새로운 단원!!

카즈키는 고민에 고민을 거듭한 끝에 원래 살던 세계로 돌아가는 것을 택했다.

선배는 내가 택한 세계를 따라오겠다는 예상외의 답을 내렸다.

나의 답이 그대로 선배의 답이 된다니, 선배에게 그럴 마음이 없더라도 내 심경은 상당히 복잡했다.

다만 온종일 고민하면 우울해지기에 의식적으로 기분을 전환했다.

훈련할 때는 훈련만 생각한다.

그리고 고민할 때는 철저히 고민한다.

그러지 않으면 정신적 스트레스로 쓰러질 것 같았다.

"으랴! 피해 봐라아아!!"

""""으아아아아?!""""

오늘은 회피 훈련.

네아, 페름, 나크의 민첩성과 반사 신경을 단련하는 훈련이었다.

"이전보다 움직임이 훨씬 좋아졌어! 이대로 계속하면 감각이 점점 예민해질 거야!"

내가 던진 치유마법 난탄을 세 사람이 미끄러지듯 피해서 솔직하게 칭찬했다.

"그렇게 칭찬해도 전혀 안 기뻐!"

"최근 울적해하는 것 같더니 갑자기 기운이 넘치네! 그보다 나크까지 참가시키지 마!"

"맞아! 나크는 너와 달리 순수한 인간이야!"

마치 나는 순수한 인간이 아니라는 것처럼 말하지 마.

나도 순도 100% 인간이야.

네아와 페름이 쓰러진 나크를 가리키며 그렇게 말했지만 내 생각은 달랐다.

확실히 나크는 아직 열두 살 아이다.

하지만 나크에게는 또래 아이에게는 없는 강한 마음과 근성이 있었다.

"호오, 나크는 아직 이 훈련을 감당할 수 없는 어린애라는 거야?"

"다, 당연하지……."

"훗, 정말 그래? 나크."

페름을 보던 시선을 나크에게 돌리자 나크는 다리를 후들거리며 일어났다.

그리고 강한 의지가 담긴 눈으로 나를 노려보며 씩씩하게 외쳤다.

"더 할 수 있어요!!"

"말 잘했어! 자, 너희도 계속한다! 기합으로 나크한테 지고 부끄럽지도 않아?!"

"아니, 딱히 나는 그렇게 훈련에 열정도 없고……."

"—해 주겠어……."

"어? 페름? 뭐라고?"

옆에서 페름이 중얼거려서 네아가 되물었다.

그러자 페름은 땅을 후려치며 의기양양하게 일어섰다.

"내가 나크한테 질 리가 없잖아!"

"너, 도발에 너무 쉽게 넘어가는 거 아니야?"

"나보다 어린 나크한테도 지면 내 구명단 서열은 최하위로 떨어져⋯⋯!"

"너무 절박해서 슬퍼지는 이유네⋯⋯."

페름도 승부욕이 꽤 강했다.

이렇게 질타하면 반드시 일어날 거라고 생각했다.

만족스럽게 고개를 끄덕인 나는 훈련 종류를 바꾸기 위해 손뼉을 쳤다.

"그럼 다음 훈련이야. 이번에는 즐거운 훈련이니까 기대해."

"네 기준의 즐거움은 고통스러움을 잘못 표현한 거잖아."

어른스러운 나는 네아의 지적을 깔끔하게 무시하고 최근 생각해 낸 훈련을 설명했다.

"지금부터 술래잡기를 할 거야."

"""술래잡끼?"""

어라, 이 세계에는 술래잡기라는 놀이가 없나?

뭐, 술래잡기라고 했지만, 형식이 비슷할 뿐 완전히 똑같지는 않았다.

나는 땅에 지름 10미터쯤 되는 원을 그렸다.

"규칙은 단순해. 이 원 안에서 도망 다니는 나를 잡으면 너희의 승리야."

"무리네."

"무리잖아."

"그건 어렵지 않을까요?"

포기가 너무 빠르지 않아?

고개를 갸웃하는 나에게 네아와 페름이 어이없어하며 말했다.

"네가 평소에 얼마나 말도 안 되게 움직이는지 알아?"

"적어도 인간의 움직임은 아니야."

내가 어떻게 움직이는지 객관적으로 본 적이 없어서 모릅니다.

하지만 의욕이 낮은 채로 훈련시키고 싶지도 않으니 조건을 몇 가지 추가하자.

"그럼 마술이나 마법을 써도 돼. 물론 협력해서 덤비는 것도 가능해."

"어? 마술 써도 돼?"

"내 마법도?"

"그래. 팍팍 써. 덧붙여 나는 건틀릿도 마법도 안 쓸 거야. 그럼 내 훈련도 되니까."

그리고 또……

이게 동기 부여가 될지는 모르겠지만 일단 말은 해 볼까.

"도망치는 나를 잡는다면 가능한 범위에서 너희 말을 뭐든 들어 줄게."

""……?!""

"우사토 씨의 기술을 가르쳐 달라는 것도 가능한가요?"

"응, 그런 것도 상관없어."

나크가 손을 들고 질문해서 대답했다.

네아와 페름은 놀라서 눈을 크게 뜨더니 어째선지 서로 마주 보고 고개를 힘차게 끄덕였다.

그 후 내게 보낸 시선에는 강한 기백이 담겨 있었다.

"얼마나 무서운 부탁을 하려는 건지 모르겠지만 좋은 기백이야."

"후후후, 내 앞에서 그런 조건을 달다니! 가자, 페름! 무슨 수를 써서라도 명령권을 손에 넣는 거야!!"

"마음에 안 들지만 오늘은 너와 협력해 주겠어!"

"하지만 여기서 규칙 추가!"

""어째서?!""

불길한 예감이 드니 규칙을 추가해 두자.

두 사람이 놀라서 외쳤고 나크는 진지한 표정으로 이야기를 들었다.

"설령 세 명이 동시에 날 잡더라도 부탁은 하나만 들어줄 거야."

"그럼 부탁을 무제한으로 들어달라는 소원은 빌 수 없는 거네……."

"넌 진짜로 그런 잔머리를 잘 굴리는구나……."

그리고 여기서 중요한 건 『하나만』 들어준다는 점이다.

이 훈련은 동료와 협력하는 게 좋지만 그 조건이 협력을 방해한다.

후후후, 단독으로 내게 덤빌지, 세 사람의 소원을 하나로 정하고 협력해서 덤빌지 골라라……!

말이 없어진 네아와 페름, 그리고 기합을 넣는 나크 앞에 팔짱을 끼고 섰다.

"자, 언제든 시작해도 돼! 나를 잡을 수 있으면 잡아 봐!"

맨 처음 날아오는 건 마술일까, 마법일까, 아니면 격투일까?

몸을 긴장시키고 있으니 네아와 페름이 동시에 움직였다.

네아의 손에 마술이 떠오르고 페름의 발밑에서 어둠마법의 검은 마력이 꿈틀거렸다.

동시에 온다고 생각하여 긴장했을 때— 그것들은 옆에 있는 동료에게 향했다.

"명령권은 내 거야~!"

"먼저 너부터 없애겠어!"

내가 깜빡한 가능성.

그건 바로 동료를 제거하려 들 수도 있다는 거였다.

마술과 어둠마법이 동시에 직격하며 네아와 페름이 쓰러졌다.

그 모습을 멍하니 보던 나크는 머리를 잡고 어이없어하는 내게 시선을 보냈다.

"우사토 씨, 이거…… 어떻게 하죠?"

"하아아, 이건 설교감이네."

최소한 처음 정도는 협력하란 말이다…….

설교한 후 다시 훈련을 재개했다.

초장부터 삐끗하긴 했지만 이 훈련 형식은 내게도 세 사람에게도 유용했다.

3대 1이라는 상황에서 피해 다니는 나, 동료와 연계하여 나를 잡으려 하는 세 사람.

이 훈련으로 힘을 합쳐 행동하는 능력을 기를 수 있다.

"좋아, 이걸로 오전 훈련은 끝이야. 세 사람 다 좋은 연계였어!"

"하아, 하아……."

"콜록, 으에에……."

"으, 지, 지쳤어……."

세 사람은 숨을 헐떡이며 쓰러졌다.

전력으로 도망치는 나를 쫓아다녔으니 체력도 마력도 소모되었을 것이다.

세 사람에게 치유마법을 베풀자 어느 정도 기운을 되찾은 네아가 몸을 일으켰다.

"어, 어째서 이 녀석은 멀쩡한 거야……? 우리도 훈련 중에 나크의 치유마법으로 체력을 회복했는데……."

"심지어 이 녀석은 훈련 중에 치유마법조차 안 썼어. 이 괴물……."

"여, 역시 대단해요……. 저도, 더 노력해야겠어요……."

뭐, 내가 구명단에 들어와서 맨 처음 단련받은 게 체력이니까.

치유마법은 짬이 나면 배웠을 정도다.

"맨 처음……."

로즈에게 끌려와 구명단에서의 일상이 시작됐다.

처음에 험상궂은 면상들과 마주했을 때는 험한 일을 당할 줄 알았고, 앞으로 무슨 일이 벌어질지 불안하기도 했었다.

실제로 훈련은 무시무시했고 나를 기다리고 있던 싸움도 가혹했다.

하지만 지금의 내가 있는 것은 틀림없이 이 구명단이라는 조직과 로즈 덕분이었다.

"저기, 우사토 씨."

"응? 왜? 나크."

추억에 잠겨 있으니 갑자기 나크가 나를 불렀다.

"오늘 성에 무슨 일 있나요? 아침에 달리면서 보니까 기사분들이 굉장히 분주하게 움직이시던데요."

"아~ 그러고 보니 오늘 마왕령에서 대사가 온다고 했어. 혼란을 피하기 위해 일반인에게는 알리지 않았지만."

내 말을 듣고 네아도 납득했다는 듯 고개를 끄덕였다.

"그랬구나. 뭐, 싸움이 끝난 지 얼마 되지 않았으니까 당연한 일이지."

어떻게 올지는 모르겠지만, 얼마 전까지 전쟁을 벌였던 마족이 나라에 들어오면 혼란은 피할 수 없을 것이다.

페름은 구명단 소속이라서 사람들도 별로 놀라지 않는 거였다.

"누가 오는지 알아?"

"아니, 이번에 나는 관계없으니까. 누가 오는지도 몰라."

그렇게 대답하자 페름은 생각에 잠겼으나 이내 상관없어졌는지 힘을 빼고 들판에 드러누웠다.

나도 조금 궁금했지만, 너무 참견해서 로이드 님께 폐를 끼치고 싶지는 않으니 지금은 얌전히 있어야 했다.

"그럼 점심 먹을까."

"아~ 배고파……."

"뛰어다니느라 배고파졌어……."

"저도 배고파요……."

나는 기진맥진한 세 사람과 함께 훈련장을 나가 숙소로 향했다.

＊＊＊

숙소에 도착하니 누군가가 이쪽으로 오는 것이 보였다.

"……선배?"

한 명은 이누카미 선배였다.

굉장히 긴장한 모습인 선배 뒤에 검은 로브를 입은 사람이 둘.

전신을 가리는 로브 차림의 인물 중 한 명은 키가 컸고, 다른 한 명은 아마코와 비슷한 키였다.

아무튼 나크에게 숙소에 들어가라고 말한 후 선배 곁으로 향했다.

"선배, 무슨 일이에요?"

"우사토 군…… 마침 잘 왔어. 실은 이 사람이 너를 꼭 만나고 싶다고 해서 여기로 데려왔어."

"이 사람은……?"

내 시선을 알아차린 자그마한 인물이 겁먹은 듯 어깨를 움츠렸지만 키 큰 인물은 킥킥 웃었다.

매우 익숙한 목소리라서 나는 「아」 하는 소리를 냈다.

"너, 혹시 코가야?"

"하하하! 정답이야."

후드를 벗자 나타난 얼굴은 내가 잘 아는 인물— 마왕군 제2군단장 코가였다.

예상치 못한 인물의 등장에 네아와 페름도 말을 잇지 못했다.

"선배, 혹시 이 녀석이 대사예요?"

"응, 맞아."

"사람을 잘못 뽑은 것 같은데요."

"본인을 앞에 두고서 마구 말하는구나."

그야 기본적으로 싸운 기억밖에 없는걸.

전장에서도 솔선해서 나를 노렸었고, 상당한 싸움 중독자라고 생각하고 있었다.

하지만 이곳에 온 데는 뭔가 이유가 있을 것이다.

일단 적의를 억누르고 이야기를 들어 보자.

"나한테 할 얘기가 있다고? 싸우자는 얘기?"

"그것도 좋지만 문제가 될 테니까. 오늘은 부탁을 좀 하려고 왔어."

"부탁……?"

이 녀석이 나한테……?

"걸으면서 얘기하자."

"……알았어."

여기서 얘기할 수 없는 일인가?

목적을 알 수 없어서 내가 당황하는 동안 코가는 옆에서 어쩔 줄 몰라 하고 있는 자그마한 인물에게 말했다.

"이 언니랑 잠깐 기다려 줘. 이따가 부를 테니까."

"앗, 네!"

목소리도 그렇고, 여자아이인가 보네.

대사로 온 코가가 왜 어린아이를 데려왔는지 의문스러웠다.

그리고 선배는 소녀의 전신을 훑어보았다.

"흠, 로브를 입었는데도 알 수 있는 이 작은 동물 같은 느낌……."

"히익?!"

"귀여워! 우사토 군, 이 아이 내 동생으로 삼을래!"

얼굴조차 드러내지 않은 소녀를 놀라운 속도로 껴안은 선배가 그렇게 말했다.

소녀는 너무 큰 충격에 굳어서 움직이지 못하는 것 같았다.

"여느 때와 다름없네."

"정말? 이 용사, 이게 보통이야? 우리는 이런 별난 녀석에게 고전한 거야?"

은근히 대미지를 받은 코가는 내버려 두기로 하고 얼른 선배의 폭주를 막아야…… 응?

소녀의 발밑에 있는 그림자가 일렁이고 있다는 걸 깨달았다.

페름의 마법과 비슷한 느낌이었다. 혹시 이 아이는…… 아니, 그보다 먼저 선배를 말리자.

"선배, 지금 당장 그만두세요."

"홋, 싫다면?"

"······아! 저기에 동물귀 미소녀가!!"

"뭐? 정말?! 어디어디?!"

아무것도 없는 곳을 가리키며 외치자 선배는 싱거우리만큼 간단히 속았다.

그 틈에 선배의 마수로부터 소녀를 탈환했다.

"소, 속였구나?!"

"이런 곳에 동물귀 미소녀가 있을 리 없잖아요."

"너라면 랜덤 인카운터도 가능할 것 같아서······."

"무슨 논리죠······?"

평소처럼 엉뚱한 선배의 언동을 무시하고 소녀에게 말했다.

"괜찮아?"

"네······ 고맙습니다······."

소녀는 쭈뼛거리며 꾸벅 고개를 숙였다.

그림자를 보니 아직 살짝 일렁이고 있었다.

······이 아이에 관해서는 코가에게 물어볼까.

"네아, 페름. 선배가 나쁜 길에 들어서지 않게 감시해 줘."

""알았어~.""

"우사토 군! 어떻게 그럴 수가 있어! 우리 자매를 갈라놓겠다는 거야?!"

"어이, 이 녀석의 머릿속에서는 이미 자매가 됐는데?"

"좋게도 나쁘게도 한결같네, 이 용사는······."

페름과 네아가 양쪽에서 선배의 팔을 붙잡았다.

나는 선배가 떠드는 소리를 무시하고 어이없어하는 코가를 보았다.

"갈까, 코가."

"너희 나라의 용사, 너무 괴짜 아니야?"

"설령 사실이더라도 그건 말하지 마⋯⋯!"

코가한테도 괴짜로 인정받는 건 역시 조금 문제예요, 선배.

코가와 함께 이동한 나는 다른 사람의 눈을 피해 아까까지 있었던 훈련장 쪽으로 향했다.

***

훈련장 부근 숲속.

나뭇잎 사이로 들어온 햇빛이 서린 길을 코가와 함께 걸었다.

얼마 전까지 적이었던 이 녀석과 이렇게 행동하게 될 줄은 몰랐지만, 아마 코가도 같은 생각을 하고 있을 것이다.

"내가 대사로 이곳에 온 건 소거법이야."

"그래?"

"어. 제1군단장⋯⋯ 네로 아저씨는 앞선 싸움에서 입은 상처가 아직 안 나았어. 부관도 있지만 그 녀석은 마왕령을 떠나지 못해. 아미라는 애초에 군단장이 아니고, 지금은 마왕님의 보좌 같은 걸 하고 있어."

하긴, 단장님과 싸웠으니 네로가 중상인 건 이해가 간다.

마왕을 데리고 돌아갔을 때도 만신창이였고.

"제3군단장인 한나는, 뭐…… 트라우마가 생겨서 올 수 있는 상태가 아니었어."

"트라우마인가……. 전장에서 몹시 처참한 광경을 봤나 보네."

"네가 할 소리는 아니지……."

"응?"

지금 작은 목소리로 뭔가 중얼거린 것 같은데……?

"아니, 아무것도 아니야. 아무튼 그래서 내가 소거법으로 뽑힌 거지만, 솔직히 말해서 귀찮았고, 내던지고 도망치고 싶었어."

"너, 어떻게 군단장이 된 거야?"

군단장은 모두를 아우르는 사람 아닌가?

"뭐, 지금 마족은 세력도 입장도 약하니까. 이런 상황에서 도망칠 수도 없으니 어쩔 수 없이 대사 역할을 받아들인 거야."

코가는 그렇게 말하고 쾌활하게 웃었다.

전투에 특화된 코가가 와야 할 만큼 사람이 부족한 건가.

어쨌든 코가가 왜 대사로 뽑혔는지는 잘 알았다.

"……이상한 기분이야."

"엉?"

"그렇게나 싸웠던 너랑 이렇게 평범하게 이야기하고 있다니."

처음 만난 건 수인의 나라 히노모토의 감옥에 있을 때였다.

그때부터 우리의 기묘한 인연이 시작됐는데, 설마 이렇게 대화하게 될 줄은 몰랐다.

하지만 코가는 내 말을 듣고 어리둥절해하는 반응을 보였다.

"……하하하, 아니, 그렇지도 않아."

"그렇지도 않다니, 무슨 뜻이야?"

"네 성격을 생각하면 이렇게 되는 것도 이상하지 않다는 거지. 처음 싸웠을 때도 이래저래 내 투정을 들어줬잖아."

"그거야 네가 싸우자고 협박해서 그런 거지."

"예전에 협박했던 상대와 이렇게 평범하게 이야기하고 있어. 그것만으로도 충분히 이상하다고 생각하는데, 나는."

"아니, 납득할 수 없어. 그럼 내가 이상한 녀석 같잖아."

"너는 충분히 이상해."

"뭐 인마?"

자각은 있지만, 너한테는 듣고 싶지 않아.

"오, 싸우게? 여기는 보는 눈도 없으니 마음껏 상대해 줄게."

멈춰 서서 한동안 서로를 노려보았다.

몇 초간 그러고 있으니 뭔가 우스워졌다.

"너나 나나 싸움만 하고 있을 수 없는 신분이 되어 버렸네."

"나는 원래부터 그랬지만."

마왕군과의 싸움이 끝난 지금, 마족 측의 대사인 코가와 싸울 이유는 없고, 애초에 구명단의 부단장과 마왕령의 대사가 치고받았다는 소문이 퍼지면 문제가 될 수도 있었다.

하지만—.

"어쩌면 이번이 마지막 만남이 될지도 모르는데."

"뭐? 그게 무슨 말이야?"

이런.

스크롤에 관해 코가에게 말하지 않는 편이 좋았나?

"혹시 네가 원래 세계로 돌아갈지도 모른다는 그 얘기야?"

"……왜 알고 있는 거야?"

"대사로서 마왕령을 나오기 전에 마왕님이 가르쳐 줬어."

"아~ 마왕이 준 거니까 그야 알고 있겠구나."

마왕은 어디까지 이 상황을 예상했을까.

그 사람이라면 전부 계산했을 가능성이 있어서 무섭다.

"그래서 너는 원래 살던 세계로 돌아갈 생각이야?"

"……아직 못 정했어."

"그런가……. 이건 내가 이래라저래라 할 일이 아니지만…… 너와 싸우지 못하게 되는 건 조금 섭섭하네."

코가의 중얼거림에 나는 아무 말도 할 수 없었다.

어색한 침묵을 버티지 못하고 아무튼 화제를 돌리기로 했다.

"……마왕은 어쩌고 있어?"

"마왕님은…… 이전보다 온화해지셨어. 지금은 너희네 왕과 이것 저것 교섭하고 나한테 서신 배달을 시키는 등 바쁘신 것 같아."

전후 루크비스의 회담에서 만났는데, 그때도 전후 처리와 논의로 바빠 보였지.

"너희와 싸우느라 마왕님도 상당히 약해지셨으니까. 이제 싸우는 건 어렵겠지만, 본인은 그걸 별로 개의치 않는 것 같아."

"그래?"

"그분에게 지금 상황은 그렇게 나쁘지 않은 거겠지. 싸움에는 졌지만, 우리가 상상한 것보다 더 인간들이 동정적이었으니까."

마왕을 살린 게 잘한 일인지는 여전히 모르겠다.

하지만 미래를 생각한다면 마족을 이끌 수 있는 마왕의 존재는 필요해질 터다.

"무른 생각일지도 모르지만, 앞으로 인간과 마족의 관계가 좋아지면 좋겠어."

"당장은 어렵겠지. 어쨌든 싸움을 일으킨 건 우리니까. 그렇기에 나중에 태어날 녀석들이 평범하게 살 수 있도록 노력해야겠지만, 이게 어렵단 말이야."

코가가 크게 한숨을 쉬었다.

이러니저러니 해도 대사로서 무거운 책임감을 느끼고 있는 듯했다.

"이야기가 길어져 버렸네. 슬슬 본론으로 들어갈까."

"……네가 데려온 그 아이에 관한 거야?"

"오, 역시 아는구나. 그 녀석이 본론이야."

코가가 데려온 소녀.

아마 마족 아이겠지만, 대사로서 임무를 맡은 코가가 어린아이를 데려왔다는 것부터가 여러 가지로 이상해서 뭔가 사정이 있을 것 같았다.

그리고―.

"그 아이, 어둠마법을 쓰지?"

"역시 어둠마법 박사네. 눈치가 빨라서 나도 이야기하기 편해."

선배가 귀찮게 굴었을 때, 그 아이의 그림자가 수면처럼 일렁였던 것을 떠올렸다.

"그 녀석은 싸움이 끝난 뒤에 나를 찾아왔어. 자신의 마법을 제어할 수 없다면서 어둠마법을 어떻게 다뤄야 하는지 가르쳐 달라고 하더라."

"그랬구나. 근데 왜 여기 데려온 거야?"

"내가 다른 사람한테 뭘 가르칠 수 있을 것 같아?"

"아니."

이 녀석은 어둠마법을 공부해서 터득한 게 아니라 저절로 쓰게 된 느낌일 테니 어둠마법의 선생님으로는 적합하지 않았다.

그렇게 고개를 끄덕이는데 시선 끝에 선배와 함께 있는 소녀가 보였다.

어느새 한 바퀴를 돌았는지 구명단 숙소 근처로 돌아와 있었다.

"설마 너, 저 아이를 여기 맡길 생각이야?"

"그래, 맞아."

"너는 도저히 못 가르치겠어?"

"애초에 어떻게 가르쳐야 할지를 모르니까. 그 점에서 어둠마법사를 이해하는 너는 적임이잖아. 여기에는 페름도 있고."

나도 모르게 이마를 짚고 말았다.

생각할 일이 산더미 같은데 사연 있는 아이까지 맡아 달라고?

어쩔 줄 몰라 하며 쭈뼛거리고 있는 소녀를 멀찍이서 보았다.

후드를 쓰고 있어서 표정은 보이지 않지만, 내게는 그 모습이 몹시 연약해 보였다.

"……이 얘기, 성에는 말해 둔 거지?"

"물론이야. 너의 상관인 것 같은 무서운 사람한테도 말해 뒀어."

"단장님도 허락했나. 그럼 내가 얻어터질 일은 없겠네……. 알았어. 저 아이를 구명단에서 맡을게."

"그래, 부탁한다."

일단 거기서 이야기를 마무리하고 선배 곁으로 향했다.

코가를 발견한 소녀가 안도한 모습을 보였다.

나는 소녀 앞에 쭈그려 앉아 눈높이를 맞췄다.

"안녕, 나는 우사토. 구명단의 부단장인 치유마법사야."

최대한 무서워하지 않도록 웃었다.

"갑작스럽지만 오늘부터 이곳에서 너를 맡게 됐어."

"……네. 코가 씨에게 들었어요."

소녀가 고개를 끄덕였다.

다행이다. 이 아이에게도 제대로 설명은 한 모양이다.

네아와 페름이 깜짝 놀랐지만 두 사람에게는 나중에 사정을 이야기하자.

"네 이름을 물어봐도 될까?"

고개를 끄덕인 소녀는 후드를 벗었다.

어깨 길이로 가지런히 잘린 페름과 같은 은발과 마족 특유의 뿔, 그리고 갈색 피부가 드러났다.

"키이라예요. 그…… 잘 부탁드려요. 우사토…… 아저씨."

"……아저씨?"

"""품?!"""

내 앞뒤에서 빵 터지는 소리가 났다.

코가와 네아와 페름은 대놓고 웃었고, 선배조차 뒤돌아 어깨를 떨고 있었다.

주위의 반응을 보고 실수했다고 생각했는지 키이라라고 이름을 밝힌 소녀의 얼굴이 창백해졌다.

"아, 죄, 죄송해요! 그게, 저를 돌봐 주던 분과 비슷해서, 그래서……."

"아냐, 괜찮아. 이 정도로 나는 화내지 않아."

즉, 내가 실제 나이보다 더 어른스러웠다는 얘기지.

자신의 성장을 실감할 수 있는 일이라고 생각하면 화낼 이유도 없다.

"훗, 어느새 나는 댄디해졌나 보네."

"거짓말. 전혀 안 괜찮으면서."

"이 녀석, 우리가 아저씨라고 하면 무조건 화낼걸."

"하하, 역시 너는 재미있어."

"댄디한 우사토 군인가. 그건 생각 못 했어……!"

뒤에서 뭔가 이야기하는 이들에게는 나중에 보복하기로 하고, 지금은 모르는 땅에 와서 불안해하는 키이라를 우선하자.

예기치 않게 구명단에 새로운 멤버가 추가되었지만, 일단 맡았으니 잘 돌봐 줘야 한다.

우선은 이 아이가 지낼 방을 정해야겠지.

❀제7화 불안과 희망 사이에서

마족에게 어둠마법은 불길함의 상징이다.

어둠마법은 매우 불안정해서 정신이 미숙한 어린 시절에는 마법이 폭주할 위험이 있었다.

그래서 어둠마법을 가지고 태어난 아이는 대체로 버려진다.

나도 친부모에게 버려졌다.

숲속에 혼자 남아 마물에게 잡아먹힐 뻔했을 때 동족이 구해 줘서 함께 여행을 다녔다.

유복한 생활은 아니었지만 그래도 나는 행복했다.

아빠 같은 존재인 아저씨, 나와 비슷한 처지의 아이들.

이게 진짜 가족이라고 생각하게 되었을 때, 내가 가진 어둠마법이 그 행복한 일상을 부숴 버렸다.

어둠마법의 폭주.

사용자인 내가 미숙한 탓에 마법이 멋대로 움직여서 다른 사람들을 덮쳤다.

내 소중한 가족이 다쳤고, 하마터면 목숨마저 앗을 뻔했다.

나는 내 힘이 미웠다.

이딴 힘은 필요 없었다.

하지만 나는 결국 이 힘과 마주해야 했다.

더는 누구도 다치지 않게, 그리고 다시 한번 가족 곁으로 돌아가기 위해 나는 어둠마법 사용자로 유명한 코가 씨를 찾아갔다.

그런데 코가 씨는 나를 링글 왕국이라는 인간들이 사는 곳으로 데려왔다.

솔직히 이해할 수 없었다.

건물도 많고, 사람도 많고, 토할 것 같았다.

어둠마법을 배우려고 했는데 왜 이런 곳에 와 버린 걸까.

사색이 되어 물어보니 코가 씨는 히죽 웃으며 나를 내려다보았다.

"링글 왕국에는 나보다 더 어둠마법을 잘 이해해 주는 녀석이 있어. 그 녀석한테 배워."

"코가 씨보다도요?"

"그래."

"하, 하지만, 여기는 인간들이 사는 곳이잖아요?"

마족조차 어둠마법사를 받아들이지 않는 사람이 많은데 어떻게 인간이 어둠마법을 이해해 준다는 걸까.

나는 코가 씨의 말을 전혀 이해할 수 없었다.

"그 인간은 누구보다도 우리를 이해해 줘. 걱정하지 말고 따라와."

인간에 관해서는 잘 모른다.

전사로서 싸웠던 마왕군 사람들과 달리 나는 마왕령을 여행하며 지냈기에 전쟁 같은 건 딴 세상 이야기라고 여겼었다.

"그 인간은 어떤 사람인가요?"

"재미있는 녀석이야. 나랑 정면으로 맞짱 뜰 수 있는 녀석이니까."

"……"

실례지만 그거 정말 인간인가요?

굉장히 기쁘게 이야기하는 코가 씨의 말에 나는 그저 겁을 집어
먹을 수밖에 없었다.

***

링글 왕국의 성에 들어갔을 때는 죽는 줄 알았다.

갑옷 입은 사람들이 살기등등해서 솔직히 그때 코가 씨가 대사
로서 무슨 이야기를 하는지 전혀 이해할 수 없었다.

이야기가 끝나고 용사…… 스즈네 씨의 감시하에 성을 나온 우리
는 『구명단』이라는 곳으로 향했다.

거기서 만난 사람은 코가 씨가 말한 것 같은 무서운 사람이 아니
었다.

"하여튼 코가 녀석. 너를 맡기고 바로 돌아가 버릴 줄이야…….
갑자기 이런 곳에 혼자 남아서 불안하진 않아?"

"아뇨, 그건…… 이제 괜찮아요."

구명단이라는 조직에 맡겨지게 된 나는 앞으로 내가 지낼 방으
로 가고 있었다.

옆에는 구명단의 부단장이라는 우사토 씨가 있었다.

몰래 올려다보니 내 시선을 알아차렸는지 나를 보고 웃어 줬다.

"왜?"

"아, 아무것도 아니에요……."

여행하면서 사람 보는 안목은 키웠다고 생각한다.

살기 위해서라면 수단을 가리지 않는 사람이 많은 마왕령에서 이런저런 사람을 본 나는 우사토 씨가 어떤 사람인지 바로 알았다.

이 사람은 나를 거둬 준 사람과 비슷하다.

따뜻한 상냥함을 가진 사람.

그래서 초면이지만 믿을 수 있는 사람이라고 생각했다.

"자, 이곳이 오늘부터 네가 지낼 방이야."

"앗, 네."

안내받은 방의 문을 조심조심 열자 조금 넓은 방에 침대 두 개가 있었다.

이미 누가 쓰고 있는지 꽃병이나 책 같은 물건이 놓여 있었다.

솔직히 마족인 나는 마구간 같은 곳을 쓰게 될 거라고 생각했지, 이렇게 좋은 방을 내어 줄 줄은 몰랐다.

"아니, 잠깐만 기다려. 여기 우리 방이잖아."

어깨까지 흑발을 기른 여성이 우사토 씨 뒤에서 말했다.

"미안, 네아. 역시 나크랑 같은 방을 쓰게 할 수는 없잖아."

"그건 이해하지만, 다른 빈방 없어?"

"창고로 쓰는 방은 있지만 거기서 지내라고 할 수는 없으니까. 그리고 동성인 너희라면 이 아이도 친해지기 쉽겠지."

뭔가 옥신각신하는 것 같았다.

이미 누군가가 쓰는 방인 것 같고, 방 주인이 싫어한다면 미안한 일이었다.

"저, 저기, 저는 창고라도……."

"아니, 너는 이 방을 써."

두 사람에게 말을 걸려고 한 내 목소리를 막은 사람은 나와 똑같은 마족이었다.

분명 페름이라고 불렸던 나와 같은 은발 여성.

"이 녀석의 어둠마법은 불안정해. 누군가가 지켜보지 않으면 폭주할 거야. 하지만 나와 너라면 대처할 수 있어. ……그렇게 생각하고 이 방을 고른 거지?"

페름 씨의 시선이 우사토 씨에게 향했다.

"순서대로 설명하려고 했는데, 페름 덕분에 수고를 덜었네."

"그랬구나. 그런 거라면 하는 수 없지. 침대는 어쩔 거야?"

"내가 가져올게. 너희는 이 아이에게 구명단이 어떤 곳인지 설명해 줘."

페름 씨와 네아 씨가 고개를 끄덕이자 우사토 씨는 어딘가로 가 버렸다.

어쩌면 좋을지 알 수 없어서 입을 다물고 있으니 네아 씨가 불쑥 말했다.

"자, 사양 말고 들어가."

등을 가볍게 밀어서 방에 발을 들였다.

네아 씨는 「이 아이의 공간도 만들어야겠네~」 하고 중얼거리며 청소를 시작했다.

뒤에 있던 페름 씨가 내 옆으로 왔다.

아까 한 말을 보면 혹시……

"저, 저기……."

"응?"

"저처럼 어둠마법을 쓰시나요?"

내 질문에 페름 씨는 고개를 끄덕였다.

"맞아, 나도 어둠마법사야. 그래서 네가 얼마나 힘든지 잘 알아."

"……그랬군요."

"너 정도 나이의 어둠마법사는 정신적으로 미숙해서 마법이 말을 듣지 않을 때가 많아. 대부분은 폭주해서 다른 사람을 다치게 해."

그러지 않기 위해서 나는 어둠마법을 어떻게 다뤄야 하는지 배우고 싶었다.

나 자신보다도 나를 구해 준 가족을 상처 입히고 싶지 않았으니까.

"하지만 괜찮아."

"네?"

그 말을 듣고 고개를 들었다.

"여긴 제법 나쁘지 않은 곳이야. 마족이라든가 어둠마법사라는 이유로 피하지도 않아."

"그런 일이 가능한가요?"

"그래. 애초에 이곳에는 마족이나 어둠마법사 따위는 비교도 안 되는 괴물이 있거든."

"그게 더 무서운데요……."

내 말에 페름 씨가 웃었다.

……이상한 감각이었다.

가족 말고 이렇게 온화하게 웃는 마족은 본 적이 없었다.

분명 그건 이 구명단이라는 환경에서 지내고 있기 때문이겠지만, 그 밖에도 뭔가 이유가 있는 걸까?

"코가 씨가 우사토 씨에 관해 말했었는데…… 그것도 관계가 있나요?"

"솔직히 그건 나도 모르겠어. 하지만 그 녀석이 없었다면 나는 어딘가에서 객사했거나 여전히 싸우고 있었을지도 몰라."

"네……?"

"나도 예전에 마왕군으로 싸웠거든. ……흑기사라고 알아?"

"네. 같은 어둠마법사라서 소문은 들었는데…… 아, 혹시……."

"내가 그 흑기사야."

흑기사.

마왕령에서도 소문이 자자했던 검은 갑옷을 입은 기사.

마왕군의 히든카드라고 불릴 만한 힘을 가지고 있었지만 두 번째 진군 때 행방불명되었다고 들었다.

"그런 사람이 어째서 여기에?"

"우사토한테 잡혔으니까."

"네? 우사토 씨한테요?"

"그 녀석, 착해 보이지만 코가랑 치고받고 싸울 만큼 위험한 인간이야. 얼마 전에는 마왕을 후려갈기기도 했어."

"네⋯⋯?"

제2군단장인 코가 씨와 치고받고 싸우다니?

그러고 보니 무시무시한 치유마법사 인간이 있다고 마왕령에 소문이 났었는데 그게 사실인가?

그렇다면 나는 엄청난 곳에 온 것 아닐까⋯⋯?

"뭐, 각오해 두는 편이 좋아."

"가, 각오?! 죽을 각오인가요?!"

"그럴 일은 절대 없으니까 안심해. ⋯⋯뭐, 넌 어리니까 봐주긴 하겠지."

나는 대체 무슨 일을 당하는 거야⋯⋯?!

눈이 아득해진 페름 씨의 모습이 무서워서 물어볼 수 없었다.

"아, 그래."

전전긍긍하고 있으니 페름 씨가 뭔가 생각났는지 테이블에서 어떤 물건을 가져왔다.

그렇게 내게 내민 것은 새 수첩이었다.

"나도 우사토한테 받았으니까 너한테도 줄게."

"이건?"

"일기야. 우사토가 말하길, 마음을 지키기 위해 쓰는 거래."

마음을, 지키기 위해⋯⋯?

일기는 일상을 적는 것 아닌가⋯⋯?

영문을 모르겠지만 어쨌든 받았다.

"……어둠마법사는 그 녀석에게 의존하기 쉬워. 코가처럼은 되지 마."

"네? 알겠습니다."

"진심으로 부탁할게."

뭐지. 페름씨에게서 절실한 무언가가 느껴졌다.

묘한 박력에 전율하고 있으니 뒤에서 덜컹 소리가 들렸다.

돌아보자 옆구리에 침대를 낀 우사토 씨가 있었다.

그런대로 무거워 보이는 침대인데 굉장히 가뿐하게 들고 있어서 놀랐다.

"금방 친해졌네."

"흥……."

우사토 씨의 말에 페름 씨가 고개를 휙 돌렸다.

그 모습을 보고 쓰게 웃은 우사토 씨의 시선이 내가 든 수첩에 닿았다.

"그건?"

"아, 페름 씨가 줬어요."

그렇게 대답하자 우사토 씨는 놀란 표정을 지었다.

"페름, 키이라에게 일기장을 줬구나."

"……뭐 불만이라도 있어?"

"아니~? 전혀."

"그 실실 쪼개는 면상 짜증 나!"

미소 짓는 우사토 씨의 어깨를 페름 씨가 퍽 때렸다.

꽤 큰 소리가 났는데 우사토 씨는 전혀 아파하지 않았다.

아, 오히려 페름 씨가 때린 손을 감싸고 있다.

"잘됐네, 키이라."

"앗, 네!"

"이제 훈련 내용을 적을 수 있겠어."

"……네?"

뭐지? 방금 살짝 소름이…….

알 수 없는 오한을 느끼는 나를 보고 고개를 갸웃한 우사토 씨는 근처 벽에 침대를 세우고서 청소 중인 네아 씨에게 말했다.

"네아. 나도 도울게."

"마침 오거의 도움이 필요했어! 일단 거기 있는 옷장을 옮겨!"

"자연스럽게 사람을 오거라고 하지 마."

우사토 씨는 못마땅한 모습으로 옷장을 번쩍 들어 올리더니 그대로 이동시켰다.

생긴 것과 달리 힘이 아주 센 걸 보면 페름 씨가 했던 말도 완전히 거짓말은 아닐 것 같았다.

어둠마법사를 무서워하지 않는 곳이라니, 지금까지 상상한 적도 없었다.

"……힘내자."

손에 든 수첩을 보았다.

반드시 어둠마법을 구사해 내겠다.

그걸 위해서라면 어떤 노력이든 하겠다.

나는 그렇게 굳게 다짐하며 새로운 일상의 첫걸음을 내딛기로 했다.

***

1일째

구명단에 온 첫날.

오늘은 저녁을 먹으면서 구명단 사람들과 대면했다.

솔직히 매우 무섭게 생긴 인간들이 왔을 때는 심장이 멎는 줄 알았다.

확실히 이런 사람들이 있는 곳이라면 마족 따위는 무서워지도 않을 것 같지만, 그런 사람들과 평범하게 대화하고 다투는 우사토 씨는 몹시 이질적이었다.

그 외에도 내 또래인 나크라는 인간 남자아이도 있었는데, 그 아이는 내가 이 일기를 받았다고 하자 어째선지 동정하는 시선을 보냈다.

마지막으로 구명단을 아우르는 단장인 로즈 씨라는 사람과도 만났지만 이 사람은 무섭게 생긴 사람들보다 더 무서웠다.

말로는 표현할 수 없는 공포감.

눈앞에 있는 것만으로도 그런 느낌을 줘서 나는 그저 겁을 집어먹을 수밖에 없었다.

로즈 씨가 말하길, 나는 마법 말고도 이것저것 부족한 부분이 있어서 우선은 그걸 어떻게든 해야 한다고 했다.

그래서 내일부터는 평범하게 훈련하여 몸을 단련하는 것부터 시작한다.

훈련은 우사토 씨가 감독해 준다는 모양이다.

몸을 움직이는 것은 좋아하기에 조금 기대된다.

2일째

그 사람 뭐야.

3일째

훈련은 상상을 뛰어넘었다.

몸을 움직이는 건 좋아하지만 한도가 있다.

좌우지간 달렸다.

쓰러지면 인간만 각성하는 마법인 치유마법으로 피로를 강제로 없애서 기절할 새도 없이 달려야 했다.

페름 씨가 왜 각오하라고 했는지 마침내 그 의미를 이해했다.

지쳐서 기절할 것 같아도 곧장 치유마법으로 말끔히 나아서 또 달렸다.

우사토 씨는 치유마법을 너무 잘못된 방법으로 쓰고 있다.

더는 무리라는 생각에 쓰러지려고 했는데 저 멀리 있었을 터인 우사토 씨가 어느새 나를 부축했을 때는 일순 무슨 일이 벌어졌는지 이해할 수 없었다.

페름 씨가 말하길 『그나마 상냥한 편』이라고 했다.

이보다 더한 게 있다니 상상하고 싶지 않다.

4일째

달렸습니다.

5일째

잔뜩 달렸습니다.

6일째

마니 달렷씀미다.

7일째

요 며칠 달린 것만 기억난다.
몸은 확실히 단련되고 있지만 정신이 못 버틸 것 같다.
끝이 보이지 않는 달리기에 마음이 죽어 가는 감각이다.
그런데도 『그나마 상냥한 편』이라고 하니 너무 무섭다.

로즈 씨가 실시하는 진짜 훈련은 지금 내가 받고 있는 우사토 씨의 훈련과 비교가 안 될 만큼 힘들다고 한다.

그걸 유일하게 극복한 사람이 우사토 씨라고 하니 대단하다.

농담인지 진담인지 모르겠지만, 페름 씨가 본 훈련 중에는 로즈 씨가 우사토 씨를 계속 때려서 회피 능력을 기르는 것도 있었다고 한다.

말이란 건 참 어렵다고 생각했다.

8일째

훈련에 조금 익숙해진 것 같다.

여전히 달리는 건 힘들지만 그래도 전보다는 편해졌다.

몸이 지쳐도 우사토 씨가 바로 고쳐 주고, 무엇보다 어느 타이밍에 쓰러지든 우사토 씨는 아무리 멀리 있어도 나를 부축해 줬다.

이 사람은 나를 지켜봐 주고 있다.

마음 한편에 그런 생각이 들었다.

9일째

그러고 보니 내 어둠마법 훈련은 어떻게 된 걸까.

요 며칠 격동의 나날을 보내느라 까맣게 잊고 있었다.

10일째

일을 내고 말았다.

오늘부터 어둠마법 훈련을 시작하게 됐는데, 첫 훈련이라 과하게 긴장해서 마법을 폭발시켜 버렸다.

내 그림자에서 멋대로 어둠마법이 흘러넘쳤고.

그것들은 근처에 있던 우사토 씨와 페름 씨를 정확하게 덮쳤다.

눈을 감고 필사적으로 멈추려고 했을 때, 뭔가 팅기는 소리가 나더니 발밑에서 튀어나왔던 그림자는 어느샌가 사라지고 없었다.

눈을 뜨자 페름 씨는 보이지 않았고 검은 마력 같은 것을 휘감은 우사토 씨만 있었다.

기절해 버렸기에 그 후 어떻게 됐는지는 모르지만, 폭주한 내 마법을 그렇게 간단히 처리해 버릴 줄은 생각도 못 했다.

내일 한 번 더 어둠마법을 훈련한다고 하니 힘내야지.

오늘은 내일을 위해 일찍 자자.

***

어제에 이어 오늘도 어둠마법 훈련이다.

첫 훈련은 실패하고 기절했지만 오늘은 어떻게든 성공시키고 싶다.

그렇게 생각하면서도 나는 어두운 얼굴을 한 채 구명단 훈련장으로 가고 있었다.

"······할 수 있을까."

내 어둠마법은 말을 듣지 않는다.

한번 발동하면 멋대로 움직이고, 억지로 조종하려고 할수록 날뛰어 버린다.

그 탓에 가까운 사람을 몇 번이나 상처 입혔다.

그런 마법을 어떻게든 하고 싶다는 일념으로 여기까지 왔지만, 여전히 나는 어떤 감정으로 이 마법과 마주해야 할지 알 수 없었다.

"이런 마법, 갖고 싶지 않았는데······."

다른 사람을 상처 입힐 뿐인 마법 따위 필요 없었다.

이 마법이 없었다면 나는 엄마 아빠와 함께 살 수 있었을까.

"······아니, 그렇진 않을 거야."

두 사람은 나를 버렸다.

그건 바꿀 수 없는 사실이다.

하지만 그 덕분에 나는 새로운 가족을 만났고 이렇게 구명단이라는 곳에 있었다.

이곳은 내가 살던 마왕령과 전혀 달랐다.

마왕령에서는 보지 못했던 푸르른 자연에도 놀랐지만, 이곳에 사는 사람들은 더더욱 놀라웠다.

마물이라고 오인할 만큼 험상궂게 생긴 다섯 명에게도 놀랐고, 평범한 인간인 줄 알았던 네아 씨가 마물일 거라고는 생각도 못 했다.

"단장 로즈 씨······."

그 사람은 무섭다.

처음 봤을 때부터 잠재적인 공포심을 자극했던 강렬한 의지가 담긴 눈.

개성이 마구 폭주하는 조직인 이 구명단을 다스릴 만한 인물이라고 할 수 있었다.

"그리고 부단장 우사토 씨……."

로즈 씨에게 위임받아 내 훈련을 봐주게 되었지만 무척 친절했다.

코가 씨가 말한 대로 어둠마법사를 잘 알았고 편견도 없는 것 같았다.

이곳에 들어온 후 페름 씨와 네아 씨에게 들었는데, 우사토 씨는 마왕령에 소문난 바로 그 치유마법사로 전쟁에서 활약한 굉장한 사람이라고 했다.

마족들은 무시무시한 적이라고 인식하는 사람이지만, 전쟁과 멀리 떨어져 있던 나와는 별로 상관없는 이야기라서 우사토 씨가 무섭지는 않았다.

며칠간 함께 지내며 우사토 씨의 됨됨이를 알게 된 지금은 오히려 믿음이 더 컸다.

"……우사토 씨."

"응? 왜?"

"와악?!"

혼잣말을 했는데 갑자기 뒤에서 대답이 들려서 화들짝 놀랐다.

돌아보니 우사토 씨가 의아해하며 나를 보고 있었다.

어, 언제 온 거지……?!

"미안. 많이 놀랐어?"

"아, 아뇨! 생각을 좀 하느라……."

"어둠마법 훈련을 앞두고 있으니 말이지. 긴장할 만도 해. 페름은 먼저 가 있는 모양이니까 우리도 가자."

"네!"

씩씩하게 대답하고 우사토 씨를 따라갔다.

조금 전까지 몹시 불안했는데 신기하게도 기운이 샘솟는 것 같았다.

훈련장에 도착하니 페름 씨가 있었다.

팔짱을 끼고 서 있던 페름 씨는 우사토 씨를 보자마자 불퉁한 표정이 되었다.

"늦었어."

"아니, 일찍 온 편인데."

우사토 씨가 난처한 듯 웃으며 대답했다.

우리는 바로 어둠마법 연습을 시작하기 위해 훈련장 중앙으로 이동했다.

"어제는 너무 서둘렀던 것 같아."

"죄송해요……."

"바로 실전부터 들어가려고 한 내 잘못이야. 사과하지 않아도 돼."

하지만 신경이 쓰이고 말았다.

우사토 씨를 위험에 빠뜨린 것은 다름 아닌 나 자신이니까.

"오늘은 먼저 어둠마법을 대하는 마음가짐을 페름에게 배우자."

"……뭐, 어둠마법은 내가 더 자세히 아니까."

딴 데를 보며 떨떠름하게 고개를 끄덕인 페름 씨는 나와 시선을 맞췄다.

나와 똑같은 어둠마법사인 페름 씨.

이 사람이라면 내가 몰랐던 것을 가르쳐 줄지도 모른다.

그런 기대를 가슴에 품고서 페름 씨의 말을 기다렸다.

"먼저 어둠마법은 감정에 좌우되는 귀찮은 마법이야."

"……네."

"감정이란 건 변동 폭이 커서 흥분하거나 심약해지면 바로 마법의 세기가 바뀌어 버려. 어른이 될수록 변동 폭은 작아지지만…… 너 정도 나이 때는 정신적으로 불안정해서 쉽게 폭주해."

"다감한 시기니 말이지."

페름 씨의 말에 우사토 씨가 고개를 끄덕였다.

내 어둠마법은 1년쯤 전부터 폭주하게 되었다.

자신이 성장하고 있다는 자각은 별로 없었기에 갑작스러운 마법 폭주에 깜짝깜짝 놀랐다.

"그래서 마족들은 너 정도 나이의 어둠마법사를 별로 안 좋게 봐. 언제 마력이 폭주할지 알 수 없는 폭탄 같은 거니까."

"……."

확실히 폭탄 같은 존재다.

부정적인 감정을 쌓아 두다가 폭발시킨 어둠마법사도 있다고 들었다.

"하지만 나랑 이 녀석이 있는 한 그럴 일은 없어."

"네?"

"아니, 정확히 말하자면 그런 일이 벌어져도 걱정 없다고 해야겠지."

우사토 씨를 가리키며 한 말에서는 우사토 씨에 대한 신뢰가 느껴졌다.

나는 어제 일을 떠올렸다.

한순간이었지만 어둠마법이 폭주했는데 우사토 씨는 괜찮았다.

……믿어 보자.

"잘 부탁드려요."

"좋아. 일단 다시 한번 마법을 써 봐."

"네? 하지만……."

"어제처럼 단숨에 쓰지 말고. 가감 정도는 할 수 있잖아?"

"네……."

페름 씨가 말한 대로 어둠마법을 살짝만 발동시켰다.

넘쳐흐르려고 하는 마력을 억제하고 있자 내 그림자에서 끝이 뾰족한 마력이 나타났다.

문어 다리 같은 그 마력은 내 머리 높이까지 스멀스멀 올라오더니 갑자기 우사토 씨에게 뾰족한 부분을 겨눴다.

"아, 안 돼!"

"음?"

마력이 내 의지를 벗어나 멋대로 움직이기 시작했다.

우사토 씨를 찌르려고 똑바로 날아갔다.

우사토 씨를 해칠 거야!

비명을 지를 뻔했을 때, 어느새 은색 건틀릿을 찬 우사토 씨가 마법을 간단히 튕겼다.

"어?"

"역시 키이라의 뜻을 거스르고 움직이는 모양이네. ……어떤 것 같아? 페름."

우사토 씨는 페름 씨와 이야기하면서 달려드는 내 마력을 검지로 튕겼다.

마치 어린아이를 상대하듯 내 마법에 대응하는 모습을 아연히 바라보고 있으니 페름 씨가 말했다.

"이 녀석은 걱정하지 않아도 돼. 아마 네 마법에 찔린 것 정도로는 아파하지도 않을 테니까."

"나한테도 통각은 있어. 참을 뿐이야."

"그럼 참아."

"너도 스스럼이 없어졌구나. 기뻐, 정말로."

내 그림자에서 나온 마력은 어느새 얌전해져 있었다.

"어라, 어째서……?"

"네가 우사토를 『이 정도 어둠마법이라면 효과가 없다』라고 인식했기 때문이겠지."

마력이 자유롭게 움직여져서 깜짝 놀랐다.

그때, 내 머릿속에 어떤 의문이 떠올랐다.

어둠마법을 이토록 잘 아는 페름 씨는 어떤 어둠마법을 가지고 있을까.

열흘 넘게 여기서 지냈지만, 그러고 보니 묻지 않았다.

아니, 돌이켜 보면 페름 씨는 의도적으로 이야기를 피했던 것 같기도 하다.

"페름 씨는 어떤 어둠마법을 가지고 있나요?"

"……."

"아, 죄송해요. 물어보면 안 되는 거였나요?"

"윽……."

실수한 것 같아서 사과하자 페름 씨는 벌레 씹은 표정을 지었다.

그런 페름 씨를 보다 못했는지 우사토 씨가 말했다.

"뭐 어때. 말해 줘."

"시끄러워……! 하아, 알았어."

천천히 심호흡한 페름 씨가 나와 시선을 맞췄다.

"내 어둠마법은 『동화』. 내가 인정한 녀석과 동화하는 능력이야."

"동화?"

"하아, 잘 봐……."

페름 씨의 발밑에 검은 마력이 퍼졌다.

그리로 페름 씨의 몸이 가라앉더니 검은 마력이 우사토 씨의 다리를 타고 올라갔다.

마지막으로 우사토 씨의 몸을 덮은 마력은 우사토 씨와 동화되어 버렸다.

『이게 내 어둠마법이야.』

"앗, 페름 씨의 목소리가!"

『지금은 이 근육뇌와 동화된 상태니까.』

우사토 씨의 훈련복에 어둠마법의 검은 마력이 부분적으로 감겨 있었다.

우사토 씨가 오른팔을 들자 팔에서 칼날 같은 것이 나왔다.

"이렇게 페름의 어둠마법을 내가 쓸 수 있어."

"괴, 굉장해요……. 그, 그래서 동화군요! 페름 씨와 우사토 씨가 일심동체가 되어 함께 싸우는 힘……!"

『……그렇게 말하면 이상하게 들리니까 하지 마.』

어둠마법사는 공격적인 능력이 각성한다고만 생각했는데 안 그런 사람도 있었구나.

하지만 어둠마법은 감정에 따라 능력이 바뀐다고 했으니까 지금 페름 씨는……?

"우사토 씨 말고 다른 사람과도 동화할 수 있나요?"

『어느 정도 친해지면 가능할지도 모르지만……. 기본적으로 이 녀석 이상으로 동화할 수 있는 상대는 없어.』

"어? 그럼 혹시 페름 씨는 우사토 씨를— 읍읍?!"

우사토 씨의 옷에서 나온 검은 마력이 내 입을 막았다.

『그 이상 말하지 마!』

그, 그렇군요. 발설 금지인 거네요……!

『……일단 동화 푼다.』

"그래."

내 입에서 검은 마력을 뗀 페름 씨는 우사토 씨와의 동화를 풀었다. 그렇게 다시 내 앞에 나타나 진지한 시선을 보냈다.

"네가 어둠마법을 제어하지 못하는 이유는 단순해."

"……! 아, 아시는 건가요?!"

"그래. 하지만 알기 쉬운 만큼 그걸 해결하는 건 어려워."

"그, 그래도 상관없어요! 가르쳐 주세요!!"

거의 말을 자르다시피 묻자 페름 씨는 주저하며 입을 열었다.

"너 자신이 어둠마법을 거부하고 있기 때문이야."

"네?"

"너한테 어둠마법은 골칫거리야. 꺼리고 혐오하는 감정이 그대로 어둠마법에 반영된 탓에 제어하지 못하는 거야."

내가 어둠마법을 거부하기에 그 감정이 반영된 어둠마법도 내 제어를 거부하는 건가?

그럼 내가 어둠마법을 다루려면…….

"저 자신이 이 마법을 좋아해야 한다는 건가요……?"

"아니, 꼭 그렇지는 않아. 아마 그건 역효과를 낼 거야. 자기애에서 유래한 어둠마법은 변변찮은 것이 되니까. 그냥 너의 일부로 인식하면 돼."

"……."

지금까지 성가신 마법이라며 혐오했는데 갑자기 자신의 일부로 인정하라니 무리다.

이 마법 때문에 나는 많은 사람을 상처 입히고 말았다.

"뭐, 당장은 어렵겠지. 그런 혐오감 같은 건 간단히 없앨 수 없을 테니까."

"……."

"그러니까 여기서 천천히 마주해 나가."

"네?"

"다행히 여긴 그럭저럭 안락한 곳이야. 시간을 들여서 자기 자신의 마법과 마주해 나가면 자연스럽게 마법은 너의 일부가 될 거야."

나의 일부…….

페름 씨의 말에 나는 고개를 끄덕였다.

그러자 지금까지 조용히 지켜보던 우사토 씨가 페름 씨를 향해 웃었다.

"설마 네가 구명단을 그렇게 여기고 있을 줄은 몰랐어."

"윽, 시끄러워! 너는 별개야, 이 괴물!!"

"응응. 전혀 솔직하지 못하네~."

"오늘은 한층 더 재수 없어! 아, 머리 쓰다듬지 마!"

페름 씨가 얼굴을 붉혔고 우사토 씨는 명랑하게 웃었다.

어둠마법사가 평범하게 지낼 수 있는 곳.

여기서라면 나는 내가 기피했던 마법과 마주할 수 있을지도 모른다.

"나는…… 여기 있어도 되는 거구나."

내가 있을 곳.

새삼 말로 표현하니 가슴 안쪽에서 따뜻한 감정이 샘솟는 것 같았다.

🌸제8화 믿음직한 형! 올가의 조언!!

단장님으로부터 키이라를 일임받은 나는 페름과 함께 키이라의 어둠마법 훈련을 봐줬다.

키이라를 통해 어둠마법이라는 마족 특유의 마법을 더 깊이 이해함과 동시에, 어둠마법사들이 놓인 환경과 그들이 마왕령에서 어떤 일상을 보내는지를 상상하고 조금 마음이 복잡해졌다.

그래도 나는 어둠마법을 정복하기 위해 노력하는 키이라를 도와주고 싶었다.

원래 세계로 돌아갈지 이 세계에 남을지는 아직도 못 정했지만, 어쩌면 이 아이의 어둠마법을 어떻게든 하는 것이 내가 구명단원으로서 하는 최후의 일이 될지도 모른다.

"어어, 마을에 가는 건가요?"

"응. 이 숙소가 아닌 다른 곳에 사는 단원에게 너를 소개하려고."

"다, 다른 곳에 사는 단원……."

키이라가 조금 불안해하는 표정을 지었다.

그 얼굴을 본 네아가 쓰게 웃으며 키이라의 어깨에 손을 얹었다.

"괜찮아, 키이라. 마을에 있는 건 평범한 치유마법사니까. 단연코 이 녀석이나 무섭게 생긴 사람들 같은 괴물이 아니야."

그 옆에 있던 페름도 고개를 끄덕여 네아의 말에 동의했다.

"맞아. 귀찮은 녀석도 있지만 그나마 정상적인 편이야."

"너희, 달리기 열 바퀴 추가야."

""뭐어?!""

왜 그런 반응이야? 당연한 거잖아.

종알종알 불평을 늘어놓는 네아와 페름을 무시하고 다시 키이라를 보았다.

키이라를 마을에 데려가려면 이 아이가 마족이라는 게 알려지지 않도록 조심해야 했다.

주민들도 페름은 이래저래 받아들인 것 같지만 키이라가 어떨지는 알 수 없기에 링글 왕국에 왔을 때 가져온 로브를 입혔다.

키이라를 진료소에 데려가는 것은 단장님에게도 허락을 받았지만 조심해서 나쁠 건 없었다.

"좋아, 그럼 갈까."

출발……하기 전에 네아와 페름에게 말해 뒀다.

"너희, 훈련을 농땡이 치면 어떻게 될지…… 알고 있겠지?"

""네넵!""

좋은 대답이다.

몰래 땡땡이치자는 삿된 생각이 얼굴에 드러나 있었던 네아와 페름에게 못을 박고서 나는 키이라와 함께 거리로 나갔다.

＊＊＊

목적지는 올가 씨와 우루루 씨가 있는 진료소였다.

거리는 변함없이 활기찼다.

"오, 우사토 님! 오늘은 웬일로 걷고 있네!"

"하하하, 오늘은 진료소에 볼일이 있어서요."

나도 구명단으로 활동해서 그런지 그런대로 유명해서, 거리를 걸을 때면 인사를 받기도 했다.

그나저나「웬일로」라는 말은 그냥 넘어가도 되는 거겠지?

내게 말을 걸어온 남성은 가게의 상품을 상자에 담더니 호쾌하게 그걸 건넸다.

"괜찮으면 가져가! 아들을 살려 준 답례를 아직 못 했으니까!"

"아, 아뇨, 받긴 너무 죄송한데!"

"아니야. 이것도 부족할 정도야!"

거의 떠맡다시피 과일과 채소를 받아 버렸다.

키이라는 신기한 듯 주위를 두리번거리고 있었다.

"흐아아아, 도시는 굉장해요."

뭔가 들떠 있었다.

"키이라?"

"아, 그게……. 처음 여기 왔을 때는 너무 긴장해서 주변을 볼 여유가 없었지만, 이제 보니 커다란 건물이 잔뜩 있어서요."

"마왕령에는 이렇게 발전한 곳이 없었어?"

"마왕님의 성이 있는 도시는 다른 것 같지만, 저는 본 적이 없어요. 그래서 그냥 걷기만 해도 설레요."

내게는 익숙한 광경이어도 이 아이에게는 놀라움의 연속이구나.

……조금 천천히 걸을까.

"뭔가, 꿈만 같아요."

"응?"

"지금 여기 있을 수 있는 게요."

기쁨을 음미하듯 키이라가 말했다.

"가족의 반대를 무릅쓰고서 코가 씨에게 어둠마법을 배우러 갔었거든요."

"가족이라면……."

"저를 거둬 준 아저씨랑 저와 비슷한 처지의 아이들이요. 피가 섞인 가족은 아니지만 제게는 소중한 사람들이에요."

키이라의 말을 들으니 원래 세계에 있는 부모님의 모습이 떠올랐다.

나는 외동아들이었지만, 키이라는 피가 섞이지 않은 형제 같은 존재가 있을 것이다.

"그럼 동생에 해당하는 아이도 있겠네?"

"네. 쌍둥이인데 다들 착한 아이들이에요."

나는 형제가 있는 게 어떤 느낌인지 모른다.

하지만 어릴 때는 막연하게 형이나 동생을 갖고 싶었던 것 같다.

"말하기 어려운 얘기일지도 모르지만, 마왕령에는 너희처럼 부모에게 버려진 아이가 많아?"

"……적지는 않아요. 저처럼 어둠마법을 가진 아이뿐만 아니라, 먹을 게 없는 사람들이 식구를 줄이려고 아이를 버리거나 마물에게 먹이로 주기도 해요."

"……."

마왕령은 내가 상상한 것보다 더 가혹한 환경인 듯했다.

하지만 마물이 아이를 잡아먹도록 하다니 상상하고 싶지도 않다.

"어쩔 수 없는 일이라는 건 알아요. 우리 마족은 혹독한 환경에서 살고 있으니까요……. 저는 부모에게 버려졌지만, 그렇기에 지금의 가족이 소중해요."

강한 아이라고 생각했다.

괴로운 과거를 뛰어넘어 분명하게 앞을 보고 있었다.

그러나 키이라는 곧장 표정을 흐리고 고개를 숙여 버렸다.

"하지만 제가 같이 있으면 어둠마법으로 모두를 상처 입혀요……."

"그래서 코가를 찾아간 건가."

"네. 어둠마법사로 유명한 분이니까요."

싸움으로만 그 녀석을 아는 내가 이런 말 하기도 뭐하지만, 그 녀석 꽤 유명인이었구나…….

"그러고 보니 코가랑 어떻게 만났어? 역시 다른 사람을 통해서?"

"아, 그게, 어어……."

"음?"

무슨 이유에서인지 키이라가 말을 우물거렸다.

"수, 숨어들었어요……."

"숨어들다니, 마왕군에?"

"네……."

적극적이네.

목적을 이루기 위한 행동력이 엄청나다.

"들키더라도 길을 잃었다고 둘러대면 되고, 아예 코가 씨의 동생이라고 해서 코가 씨한테 데려다 달라고 할까 생각하기도 했어요."

"상당한 책사구나."

"에헤헤, 살짝 모험하는 기분이 들었어요."

그때를 떠올렸는지 키이라가 귀엽게 미소 지었다.

"코가 씨도 제가 어둠마법사라는 걸 알고 어떻게든 도와주려고 했지만 바쁜 분이라서……."

"지금 마왕군의 상황을 생각하면 그렇지."

"하지만 결과적으로는 감행한 보람이 있었어요. 우사토 씨랑 페름 씨와 만났고요."

기적처럼 착한 이 아이는 뭐지.

지켜 주고 싶은 이 마음은 뭐야……!

"……."

가족이 다치지 않도록 스스로 거리를 두는 것은 큰 결단이었을 터다.

자신의 마법 때문에 가족과 떨어져야 했다.

스크롤의 기한까지 원래 세계로 돌아갈지 이 세계에 남을지 선택해야만 하는 내 상황을 키이라와 겹쳐 보고 말았다.

"가족과 만날 수 없어서 괴롭지 않아?"

나도 모르게 그렇게 물었다.

키이라는 잠시 고민하는가 싶더니 곤란한 듯 미소 지었다.

"솔직히, 괴로워요."

"……"

"하지만 이 이별이 재회로 이어진다면 저는 힘내고 싶어요. 그게 제가 바라는 미래로 이어질 테니까요."

재회.

키이라의 말을 속으로 반추했다.

나와 키이라가 놓인 상황은 다르지만, 그래도 이별이 재회로 이어진다는 말을 들으니 이런저런 생각이 들었다.

그러다 보니 어느새 진료소에 거의 다 온 것 같았다.

일단 사고를 전환하고서 우리는 북적이는 거리를 나아갔다.

***

진료소 앞에는 다채로운 꽃을 심은 화단이 있었다. 흥미를 느끼고 화단 옆에 쭈그려 앉은 키이라는 감탄하며 꽃에 푹 빠져들었다.

"예쁘다. 이런 꽃은 처음 봤어요!"

나는 기뻐하는 키이라에게 고개를 끄덕여 주고서 진료소 문을 노크했다.

곧장 「네~!」라는 대답과 함께 발소리가 들려왔다.

"어서 오세…… 아, 우사토 군……."

"안녕하세요. 오랜만이에요."

구명단 선배이자 전장에서는 회색 옷을 담당했던 치유마법사 우루루 씨가 문을 열고 나왔다.

우루루 씨는 나를 보더니 일순 표정을 흐렸지만 금세 밝게 웃었다.

"오, 오랜만이야!"

"자주 못 들러서 죄송해요……."

"괜찮아, 괜찮아~ 네가 바쁜 건 알고 있으니까."

마왕군과의 싸움이 끝난 뒤에 나도 여러모로 정신이 없어서 진료소에 얼굴을 비치지 못했다.

"자, 여기서 얘기하기도 뭐하니 들어와! 오빠도 한가해!"

"아, 그 전에 구명단에 임시 입단한 아이를 소개할게요."

"응? 새로 들어온 아이가 있어? 어디?"

우루루 씨가 내 주변을 보았지만, 우루루 씨의 위치에서는 키이라가 안 보이는 것 같았다.

나는 한 걸음 물러나 키이라가 있는 곳을 가리켰다.

쭈그려 앉아 화단을 보는 키이라를 발견한 우루루 씨가 다시 나를 보았다.

"우사토 군, 저 아이야?"

"네. 이름은 키이라라고―."

"저 아이 내 동생으로 삼아도 돼?"

"어째서 사고방식이 이누카미 선배랑 똑같은 거죠?"

그거 유행인가요?

내 의문을 무시한 우루루 씨는 여전히 이쪽을 눈치채지 못한 키이라에게 시선을 옮겼다.

"이미 작은 동물 같은 오라를 풍기고 있잖아! 후드로 얼굴을 가렸지만, 저 아이 무조건 귀여울 거야!"

"왜 얼굴도 모르는데 그렇게까지 단언할 수 있는 거예요……? 실제로 귀엽긴 하지만."

"나는 오빠보다 동생을 갖고 싶었어!"

"올가 씨가 들으면 울 테니 그런 말 하지 마세요."

평상시 모습을 보면 올가 씨를 싫어하지는 않을 테니 농담이겠지만.

"오빠랑 교환해 줄게!"

"즉, 올가 씨가 저의 형이 되는 건가요……?"

그건 좀 좋을지도.

올가 씨가 형이라면 굉장히 믿음직할 것 같다.

그런 대화를 나누고 있으니 화단을 바라보던 키이라가 마침내 우루루 씨를 알아차렸다.

"……? 아, 죄, 죄죄죄, 죄송해요! 꽃에 정신이 팔렸어요!"

"너무 귀여워서 코피 날 것 같아."

"우루루 씨, 진정하세요."

어쩌지, 우루루 씨가 이누카미 선배로 보이기 시작했다.

어딘가에서 이상한 영향을 받은 건 아니겠지……?

아무튼 키이라를 진료소에 들이고 문을 닫았다.

"키이라, 후드 벗어도 돼."

"아, 네."

우루루 씨를 신경 쓰면서 키이라가 조심조심 후드를 벗었다.

드러난 은발과 뿔을 본 우루루 씨는 잠시 침묵하다가 나를 보았다.

"우사토 군, 이 아이는 내 동생이 됐어."

"사실을 왜곡하지 마세요."

그리고 선배와 사고가 완전히 똑같아지지 말아 주세요.

"이 아이는 보다시피 마족이고, 살짝 사정이 있어서 구명단에서 맡게 됐어요."

"처, 처음 뵙겠습니다. 키이라예요."

"응, 반가워. 나는 우루루야. 언니라고 불러도 돼."

"우루루…… 언니."

"역시 내 동생이야!"

"예? 아, 네……."

각인 효과일까?

잘 받아 주는 건지 쉽게 속는 건지 모르겠지만, 이대로 가면 정말로 키이라가 우루루 씨의 동생이 될 것 같으니 이야기를 진행하자.

"오늘은 오랜만에 얼굴도 비칠 겸 이 아이를 소개하려고 왔어요."

"그랬구나. 그럼 잘 대접해야겠네. 아, 짐은 거기 둬도 돼~."

"고맙습니다."

주민에게 받은 것을 근처 테이블에 두고 진료소 안쪽으로 갔다.

전에도 몇 번 왔던 방의 의자에 앉으니 위층에서 올가 씨가 내려왔다.

"어서 와, 우사토 군."

"오랜만이에요, 올가 씨."

우루루 씨와 마찬가지로 치유마법사인 올가 씨.

이전 싸움에서 회색 옷으로 활약하며 많은 부상자를 고친 사람이었다.

전쟁이 끝난 후 건강이 나빠져서 한동안 요양했다고 들었는데…….

"몸은 좀 어떠세요?"

"이제 괜찮아. 많이 쉬었으니까."

보아하니 건강해진 것 같았다.

올가 씨는 내 맞은편에 앉아 키이라에게 시선을 보냈다.

"우사토 군, 그 아이는…….."

"얼마 전부터 구명단에서 맡게 된 아이예요."

"키, 키이라입니다. 잘 부탁드려요…….."

키이라가 예의 바르게 꾸벅 인사하자 올가 씨는 눈을 동그랗게 떴다가 온화하게 웃었다.

"나야말로 잘 부탁해. 나는 올가 플레르. 구명단에 소속된 단원이고, 이 진료소를 운영하는 치유마법사야."

"우사토 씨와 같은 치유마법사…….."

"응. 우사토 군과는 역할이 조금 다르지만."

올가 씨는 치유 전문.

나는 이동하며 응급 처치려나.

올가 씨의 온화한 분위기에 키이라도 긴장이 풀린 것 같았다.

"많이 기다렸지~ 차랑 과자를 가져왔어~."

우루루 씨가 쟁반에 컵과 과자 접시를 담아 가져왔다.

네 명 모두 자리에 앉아 잡담을 나눴다.

키이라는 과자를 처음 먹어 봤는지 기뻐했고, 그 모습을 본 우루루 씨가 마구 귀여워했다.

나도 올가 씨와 근황을 이야기하며 평온한 시간을 보냈다.

＊＊＊

30분쯤 지났을 때, 갑자기 올가 씨가 키이라에게 시선을 보냈다.

"우루루. 키이라에게 진료소를 구경시켜 줄래?"

"응?"

"부탁할게."

"……응, 알겠어."

우루루 씨는 일순 나를 보고 불안한 표정을 지었지만 마음을 다잡듯 키이라를 향해 웃었다.

키이라도 내게 확인을 받고 일어났다.

나는 방을 나가는 두 사람을 지켜보고서 올가 씨에게 말했다.

"우루루 씨…… 무리하고 있었죠?"

"하하하, 역시 아는구나."

나를 맞이했을 때 보였던 표정.

"저 때문인가요."

"응. 네가 원래 세계로 돌아갈지도 모른다는 걸 알고 난 다음부터 그래."

그저 먼 곳으로 갈 뿐이라면 다시 만날 가능성도 있지만, 나 같은 경우에는 세계 자체가 다르므로 두 번 다시 못 만날지도 몰랐다.

그걸 알기에 마음씨 착한 우루루 씨는 가슴 아파하는 것이리라.

"동생은 이별에 민감한 구석이 있거든. 너처럼 친한 사람과…… 구명단 동료와 헤어져야 할지도 모른다는 게 슬플 거야."

"……."

"아직 못 정했구나?"

"……네."

올가 씨의 말에 고개를 끄덕였다.

이쯤 되니 내가 얼마나 우유부단한 인간인지 통감하게 되었다.

"우사토 군, 원래 살던 세계에 가족이 있니?"

갑작스러운 질문에 놀라면서도 고개를 끄덕였다.

"아버지와 어머니가 계세요. 지금까지 생각도 못 했지만 좋은 부모님이에요."

어떤 부분이 좋냐고 물어보면 구체적으로는 대답할 수 없지만, 부모님은 태어났을 때부터 나를 키워 주고 지켜 준 가족이었다.

과학이 발전하여 자동차와 전철, 가전제품이 일반적으로 보급된 세계라는 점은 내게 그렇게 중요하지 않았다. 원래 세계로 돌아가고 싶은 이유는 거의 가족 때문이었다.

그래서 간단히 선택할 수 없었다.

"어느 쪽도 선택하지 못한다는 건 그만큼 이 세계에도 남을 이유가 있다는 거야. 그걸 비난할 이유는 어디에도 없어."

"하지만 저는 반드시 하나를 택해야만 해요."

"그게 어려운 점이지."

올가 씨가 난처한 듯 뺨을 긁적였다.

스크롤의 기한은 다가오고 있다.

기한이 지나면 다시는 원래 세계로 돌아갈 수 없을지도 모르고, 그러면 가족과도 만날 수 없다.

"이건 내가 무슨 말을 해 주든 의미가 없어. 최후에 결정하는 사람은 너 자신이니까."

그랬다. 이건 내가 정해야만 한다.

고민에 잠긴 나를 본 올가 씨가 입을 열었다.

"그래도 나는 결단하는 너에게 조언하려고 해."

"네?"

"잠깐만. 이렇게 선배답게 구는 건 처음이라서 일단 심호흡 좀 할게."

올가 씨는 천천히 심호흡하여 숨을 골랐다.

그 모습을 멍하니 바라보고 있으니 각오를 다진 듯 올가 씨가 말했다.

"우사토 군. 너는 좀 더 이기적으로 생각해도 돼."

"이기적으로……?"

"응. 이기적으로. 네 멋대로."

나는 전장에서 꽤 내 멋대로 움직였던 것 같은데…….

아니, 올가 씨가 하고자 하는 말은 그게 아니겠지.

"너는 이 세계에 온 날부터 여러 가지 사명을 짊어지고 싸웠어. 거기엔 물론 네 의지도 있었겠지만, 그건 그럴 수밖에 없어서 그랬던 거야."

"그럴까요?"

"그래. 하지만 이제는 너희가 소환된 이유였던 마왕군과 싸울 필요도 없어. 말하자면 지금 너는 자유로운 입장이야."

확실히 그럴지도 모른다.

하지만 갑자기 이기적으로 생각해도 된다고 해도 말이지…….

"조금 못되게 말할게."

"네?"

"미워하면 안 된다?"

그렇게까지 확인할 필요는 없지 않나요…….

"일단 너희 부모님도, 이 세계에서 친해진 사람들도 잊고 생각해 봐. 어느 세계를, 어떤 사람들을 택할지가 아니라 네가 어쩌고 싶은지."

어려운 이야기다.

지금까지 그런 식으로 생각한 적이 없었기에 머리를 갸웃할 수밖에 없었다.

"가능성이 두 가지만 있는 건 아니야. 너라면 다른 선택지를 만들 수도 있을 거야."

"다른 선택지라니 그게 뭐죠……?"

"그건 나도 모르겠어. 솔직히 꽤 즉흥적으로 말하는 거기도 해서."

긴장을 풀고 유쾌하게 웃는 올가 씨를 보니 어깨에서 힘이 빠졌다.

다른 선택지라.

여태껏 생각도 못 했지만, 망설임이 조금 사라진 기분이 들었다.

"그런데 올가 씨는……."

"응?"

오늘 뜻밖의 일면을 보여 준 올가 씨를 보았다.

"꽤 터무니없는 말을 하네요. 조금 의외였어요."

"하하하. 우사토 군, 나도 구명단원이야."

올가 씨는 명랑하게 웃으며 자신을 가리켰다.

"이상을 말하는 것에 관해서는 너한테도 지지 않아."

그 말을 듣고 일순 어안이 벙벙해지고 말았다.

몇 초 후, 나는 올가 씨를 따라 웃어 버렸다.

"아, 하지만 슬슬 각오해 두는 편이 좋아."

"왜요? 아직 시간은 있는데요."

"기한을 말하는 게 아니라. ……뭐, 인내의 기한 문제이긴 한데."

"……?"

무슨 말인지 모르겠습니다.

고개를 갸웃하고 있으니 이리로 오는 발소리가 들렸다.

아무래도 우루루 씨와 키이라가 돌아온 것 같았다.

올가 씨는 쓴웃음을 지으며 나를 보았다.

"슬슬 로즈 씨가 움직일 테니까 각오해 두라는 거지."

"……네?"

사고가 정지함과 동시에 우루루 씨와 키이라가 왔다.

"돌아왔어~ 이야~ 키이라가 굉장히 똑똑해서 깜짝 놀랐어."

"에헤헤, 그런가요?"

아까보다 우루루 씨와 친해진 듯한 키이라는 굳어 있는 나를 알아차리고 의아해하며 올려다보았다.

"왜 그러세요? 우사토 씨."

"……아니, 이 앞에 피할 수 없는 현실이 기다리고 있어서…… 응."

"……?"

올가 씨의 말을 듣고 깨달았는데, 언제까지고 우물쭈물하는 내게 로즈가 기합을 주더라도 이상하지 않았다.

그 모습이 쉽게 상상이 가는 것도 단장의 무서운 부분이었다.

제9화 각각의 마음! 움직이기 시작하는 구명단!!

제1부 폭풍의 전조

로즈가 움직일 거다.

「괴수가 깨어나리라」 같은 그런 예언을 올가 씨에게 받은 나는 전전긍긍하며 구명단원으로서 일상을 보냈다.

나 자신의 훈련.

키이라의 어둠마법 훈련.

그리고 네아, 페름, 나크의 훈련.

아무튼 아직까지는 순조로웠다.

최근 생긴 고민거리라면 네아와 페름이 결탁해서 훈련을 날로 먹으려 한다는 점이려나.

나이 어린 키이라와 나크도 성실하게 훈련하는데, 정말이지 한심한 이야기다.

차라리 새로운 훈련을 생각해야 할까?

두 사람이 꾀부리지 않을 만큼 획기적이면서 훈련의 수준을 떨어뜨리지 않는―.

"우사토 씨, 우사토 씨~?"

"……응?"

생각에 몰두해 있다가 나를 부르는 소리를 듣고 정신을 차렸다.

앞을 보니 오른손에 숟가락을 든 나크가 있었다.

……그랬지, 참. 지금은 저녁 식사 시간이었다.

"미안. 네아랑 페름에게 지옥을 보여 줄 훈련을 생각하고 있었어."

"아, 그랬군요. 고생하시네요."

하하하, 하고 서로 마주 웃었다.

정말로 큰일이라니까.

나를 훈련시키던 로즈의 마음을 이제는 알겠다.

"잠깐만! 방금 명백하게 이상했어!"

"왜 우리가 지옥을 봐야 해?!"

사이좋게 나란히 앉은 페름과 네아가 외쳤다.

하지만 지금 이곳에는 로즈도 있기에 둘 다 솜씨 좋게 목소리를 낮추고 있었다.

"나는 그저 훈련을 땡땡이치려고 하는 너희를 위해 아주아주 즐거운 새 훈련을 고안하려고 노력 중인 거야."

"이렇게 사악한 웃음이라니……!"

"진정한 악마, 데빌 우사토야……!"

이 아이들이 생각하는 나는 대체 어떤 모습인 걸까.

그보다 데빌 우사토는 또 뭐야.

로즈가 있어서 난리 치지도 못하고 침음만 흘리는 두 사람을 보고 내 옆에서 조용히 식사하던 키이라가 고개를 갸웃했다.

"하지만 제대로 훈련하지 않는 두 분이 잘못한 거잖아요……?"

""윽!""

정곡을 찌르는 키이라의 말에 페름과 네아가 대미지를 입었다.

이럴 때는 내가 뭐라고 하는 것보다도 순수한 키이라의 말이 더 효과적이구나.

나는 험상궂은 면상들 쪽으로 시선을 옮겼다.

"너희는 요즘 어때?"

"엉? 뭐가."

통에게 말하자 변함없이 험악한 반응이 돌아왔다.

"전쟁이 끝나고 달라진 점 같은 거 없어?"

내 질문에 다른 면상들도 고개를 갸웃했다.

"……특별히 달라진 건 없는데."

"예전보다 감사 인사를 많이 받게 됐지만, 뭐, 평소와 다름없어."

"기본적으로 훈련밖에 안 하니까."

"우리는 그런 생활에 만족하고 있고."

기본적으로는 나도 비슷하려나.

구명단원이니까 훈련하는 건 일과고, 예전보다 주민들에게 감사받는 횟수가 늘었을 뿐, 구명단원으로서의 일상에는 변화가 없었다.

하지만 여전한 녀석들을 보니 웃음이 났다.

"왜 웃어? 기분 나쁘게."

그런 말에도 나는 화내지 않는다.

지금 나는 넓은 마음으로 험상궂은 면상들과 대화하고 있으니까.

"아니, 너희는 변함없구나 싶어서."

"너는 변했지만 말이지."

"괴물이 됐어."

"훗, 그런가……. 밖으로 나와, 도적놈들. 잡아다가 왕국에 넘겨주마."

나와 험상궂은 면상들은 숟가락을 놓고 일어나려고 했다.

"우사토 씨?!"

돌변한 나를 보고 키이라가 놀랐지만, 험상궂은 면상들이 싸움을 걸어오면 받아 주는 게 내 신조다.

그러나 몇 초 후, 강렬한 살기와 위압감이 우리를 덮쳤다.

그 방향을 보니 눈을 가늘게 뜬 로즈가 말없이 우리를 보고 있었다.

"……하고 생각했지만, 너희는 도적이 아니니까 무리지. 미안."

"우리야말로 미안. 말이 심했어."

구명단, 모두, 사이좋은 친구.

그러니까 단장님, 노려보지 말아 주세요.

긴장한 모습으로 우리가 다시 자리에 앉자 로즈가 한숨을 쉬었다.

"어, 아, 방금 싸움이 시작될 것 같았는데……."

"이 녀석들은 늘 이런 느낌이야."

"생긴 건 평범해도 우사토는 여섯 번째 험상궂은 면상과 같아."

"얼굴도 무서워지니 말이죠."

곤혹스러워하는 키이라에게 페름, 네아, 나크가 그렇게 말했다.

너희, 정말로 나한테 스스럼이 없어졌구나.

좋은 경향이라는 건 알지만, 이 석연치 않은 기분은 뭐지.

"……성실하게 밥 먹을까."

숟가락을 고쳐 쥐고 눈앞의 식사에 집중했다.

지옥 훈련은 저녁 먹고 나서 생각─.

"우사토."

"……?!"

기습이었다.

로즈의 입에서 내 이름이 나온 순간, 험상궂은 면상들, 페름, 네아, 나크, 키이라가 모두 입을 다물었다.

들고 있는 숟가락이 떨릴 만큼 긴장됐다.

조심조심 시선을 돌려 쳐다보니 의자 등받이에 몸을 기대고 팔짱을 낀 로즈가 언짢은 얼굴로 입을 열었다.

"우물쭈물 고민하는 네 모습이 아니꼬워 보이기 시작했어."

첫마디부터 말이 너무 심하지 않아요?

아직 스크롤에 관해 듣지 못한 키이라는 뭐가 뭔지 모르겠다는 표정을 짓고 있었지만, 다른 사람들은 이해했는지 다들 인상을 쓰고 있었다.

"지금까지 조용히 지켜봤지만, 이도 저도 아닌 너를 보고 있자니 나까지 짜증이 나."

"그, 그 정도인가요?"

로즈는 고개를 끄덕이지도 않았다.

이, 이거 상당히 화가 나셨나 보네…….

평범하게 얻어맞고 끝난다면 좋겠지만, 그렇게 간단한 문제가 아니라는 것은 나 자신이 가장 잘 알았다.

"훈련으로 이것저것 마음을 달래려고 하는 것 같은데, 그건 그냥 결단을 뒤로 미루는 거야."

"그건…… 네."

"그게 나쁘다는 건 아니지만, 그러는 사이에 시간이 다 되는 건 너무 얼간이 같잖아."

"옳으신 말씀입니다……."

실제로 그 불안도 있었다.

고민하는 동안 기한이 지나 버려서 이대로 이 세계에 남게 되는 사태.

"하지만 네가 그렇게 『어쩔 수 없으니 여기 남는다』라는 하찮은 선택을 한다면 나는 망설이지 않고 널 여기서 쫓아낼 거야."

"하하, 단장님이라면 정말로 그러시겠죠."

생각하는 사이에 기한이 지나 버렸으니 어쩔 수 없이 이 세계에 남는다.

그렇게 되면 편할 것이다.

솔직히 그 생각을 안 한 것은 아니지만, 그건 내가 존경하는 스승이자 상사인 로즈가 싫어할 만한 일이라고 바로 깨달았다.

그래서 모자란 머리를 필사적으로 쥐어짜 결단하려고 했으나 답은 전혀 나오지 않았다.

"너의 그 문제는 구명단의 문제이기도 해."

"네?"

예상치 못한 로즈의 말에 나도 모르게 얼굴을 들었다.

로즈는 나를 보며 사납게 씩 웃고 있었다.

"평범한 문제가 아니니까. 실컷 고민하게 놔두려고 했지만, 지금 너는 침체 상태에 빠진 것처럼 보여."

"……."

"이대로 적당히 대충 결정하는 게 네가 정말 원하는 바야? 아니 잖아. 그러니 도와주겠다는 거다."

"저기, 도와주려는 얼굴이 아닌데요……."

"엉?"

"아무것도 아닙니다!"

그런데 도와주겠다니, 구체적으로 어떻게?

혹시 로즈가 상담해 주는 건가?

그건 조금 마음이 든든할지도!

혼란스러워하면서도 이것저것 생각하고 있으니 로즈가 검지로 나를 가리키며 단원들을 둘러보았고—.

"이 바보를 위해 훈련을 하루 쉰다."

그렇게 말했다.

나를 위해 훈련을 하루 쉰다고?

그거 엄청나게 죄책감이 드는데요.

"누님, 그건 딱히 상관없지만, 구체적으로 뭘 하는 겁니까?"

험상궂은 면상 중 하나인 알렉이 손을 들고 단장에게 질문했다.

"하고 싶은 말을 해 주면 돼. 너희 그런 거 잘하잖아."

"누님! 저희라고 이 녀석이랑 맨날 싸우지는 않습니다!"

"시끄러워."

"네! 그런 거 잘합니다!"

알렉이 반론했지만 노려보는 눈길에 바로 굴복했다.

다른 면면들이 곤혹스러워하는 가운데, 손을 드는 자가 또 한 명 있었다.

"저, 저기, 나는……."

"……페름?"

의외의 인물이라 눈이 휘둥그레졌다.

하지만 로즈는 웃으며 말했다.

"이참에 솔직해져. 확실하게 말해 두지 않으면 이 바보는 눈치 못 채."

"……네."

얌전히 고개를 끄덕인 페름은 일순 나를 보더니 조용히 생각에 잠겼다.

옆에 있는 네아는 별생각 없는지 평소와 똑같았지만, 나크도 페름과 비슷했다.

혼돈한 상황에서 도망치고 싶다는 충동을 느끼는데 갑자기 누군가가 옷자락을 잡아당겼다.

옆을 보니 키아라가 불안한 얼굴로 나를 올려다보고 있었다.

"우사토 씨, 저기, 이건 대체 무슨 상황인가요……?"

"……아아, 미안. 이따가 얘기해 줄게."

더는 숨길 수 없겠지.

이렇게 로즈가 움직이겠다고 말했으니 나도 다시금 각오해야 한다.

이 세계와 마주하는 것보다도 훨씬 어려운 일.

즉, 내 집인 구명단과, 거기 사는 단원들과 마주하는 것을.

제2부 쓸데없는 배려와 감사의 격노

로즈의 선언이 있고 사흘이 지났다.

단원들은 그날 이후로 이것저것 서로 할 얘기가 있다면서 나를 빼고 회의 같은 것을 했다.

단순히 나랑 단원 전원이 한꺼번에 이야기를 나누는 게 아닌 듯했다. 여러 절차가 있는 것에서 로즈의 진심이 보였다.

단원들이 무슨 이야기를 하고 있는지 궁금해 미칠 것 같았지만, 몰래 엿듣기라도 하면 로즈가 날 죽일 것 같았기에 일단 평소처럼 일상을 보냈다.

훈련하거나, 만나러 와 준 선배와 카즈키랑 근황을 이야기했다.

선배와 카즈키에게도 현재 구명단에서 일어나고 있는 일을 이야기했는데, 두 사람은 로즈의 제안에 찬성하는 것 같았다.

『분명 로즈 씨는 우사토가 걱정됐던 거야.』

카즈키는 그렇게 말했고.

『너와 구명단은 떼려야 뗄 수 없는 사이니까. 강제로 마주하게 만드는 것도 한 방법이겠지.』

선배는 나와 구명단이 떼려야 뗄 수 없는 사이라고 했다.

이 세계에 온 날부터 엮이게 된 조직이니 틀린 말은 아니었다.

그래서 나는 단원들의 준비가 끝날 때까지 이대로 얌전히 기다리기로 했다.

"근데 왜 너는 여기 있는 거야?"

"응?"

센티멘털한 기분에 잠겨 있는 내 옆에서 네아가 침대에 누워 한가롭게 책을 읽고 있었다.

오늘 아침부터 이야기를 나눌 거니까 방에서 기다려 달라고 나크가 말했지만 설마 네아도 같이 있을 줄은 몰랐다.

"어? 있으면 안 돼?"

"안 되는 건 아니지만."

꼭 말로 해야 해?

나한테 뭔가 하고 싶은 말 없냐고 내 입으로 말하는 건 매우 부끄럽다.

그러자 책을 탁 덮고 일어난 네아가 히죽 웃었다.

"나는 너한테 할 얘기가 아무것도 없기 때문이야."

"조금쯤은 있을 거 아니야."

"어어……."

왜 네가 난처해하는 거야?

"……음, 없어."

"……매정한 녀석!"

"그 말 얼마나 더 하려는 거야?"

어이없어하며 가볍게 한숨을 쉰 네아는 퉁명스러운 눈으로 나를 보았다.

"나는 너의 사역마야. 주인의 결단에 이의가 있을 리 없잖아?"

"네가 과연 사역마라고 할 수 있을 만큼 유순한 존재일까……?"

"시끄러워!"

네아와 그런 대화를 나누고 있으니 조심스레 방문을 노크하는 소리가 들렸다.

"네~."

"우, 우사토 씨……."

"응? 키이라구나. 지금 열게."

문을 열자 쭈뼛거리는 키이라가 있었다.

"저, 저기! 다들 준비가 끝났다고 해서, 그걸 알려 드리려고……."

"그런가. 알려 줘서 고마워."

아무래도 준비가 끝난 모양이다.

어떤 형식으로 내 결단을 도와주려는 건지는 아직 모르겠지만 여러모로 각오하고서 가야겠지.

"나도 갈래~."

"너도 오는 거야?"

"물론이지. 나는 너의 사역마니까."

그렇게 말하고 올빼미 모습이 된 네아가 내 어깨에 앉았다.

당연히 방에서 얌전히 있을 줄 알았기에 조금 의외였다.

"키이라, 너는 우사토한테 뭔가 하고 싶은 말 없어?"

"네?"

네아의 갑작스러운 질문에 키이라가 얼떨떨해했다.

키이라는 아직 신참이라서 나한테 하고 싶은 말도 별로 없을 것 같은데 왜 그런 질문을 하는 걸까?

"아뇨, 저는 얼마 전에 여기 들어왔고, 그럴 자격도 없고요……."

"그런 건 상관없어. 우사토가 여기서 사라진다는 얘기를 들었을 때, 어떤 생각이 들었어?"

"……."

"키이라?"

입을 다물어 버린 키이라를 부르자 돌연 얼굴을 들었다.

키이라는 눈물을 글썽거리며 똑바로 나를 응시했다.

"서, 서운하다고 생각했어요!"

"어?"

"만난 지 얼마 안 된 제 고민도 친절하게 들어 주셨고, 저 같은 어둠 마법사와 정면으로 마주해 주는 사람은 지금껏 없었기 때문에……."

키이라의 목소리가 점점 기어들었다.

그만큼 감정이 담겨 있다는 걸 알아차린 나는 말없이 키이라의 목소리에 귀를 기울였다.

"마음 한편으로 우사토 씨는 줄곧 여기 있을 거라고 생각했었어요."

"……."

"그래서 우사토 씨가 여길 떠날지도 모른다는 이야기를 들었을 때, 아무 말도 할 수 없어서……."

결국 키이라는 말을 끝맺지 못하고 입을 다물어 버렸다.

그대로 몇십 초쯤 침묵이 이어지다가 마침내 키이라가 입을 열었다.

"오늘, 로즈 씨가 말했어요……."

"단장님이?"

"우사토 씨 곁에서 지금부터 일어날 일을 지켜보라고 했어요."

조금 말이 거창한 것 같지만, 로즈는 그만한 일을 하려는 걸까?

아니, 생각만 해서는 끝이 안 난다.

우선은 먼저 키이라와 마주해야 한다.

"여기서 어둠마법을 제어하는 데 성공하면 너는 가족 곁으로 돌아갈 거야. 그건 알고 있지?"

"……네."

"그걸 위해 나는 최대한 힘을 다할 생각이야. 그건 내가 이곳을 떠나든 안 떠나든 상관없어."

내 말에 고개를 끄덕인 키이라의 머리에 손을 올렸다.

지금은 이거면 됐다.

이제 내가 이 앞에서 답을 내기만 하면 된다.

"너는 참관인이었구나. 자, 같이 갈까."

"네!"

"덤으로 네아도."

"덤 취급은 납득할 수 없는데!"

항의하는 네아를 무시하고 나는 앞장선 키이라를 따라 방을 나섰다.

***

항상 다니던 숙소의 복도인데 오늘은 어딘가 달라 보였다.

각각의 장소에서 기다리고 있을 단원들을 만날 생각에 긴장한 거겠지.

"첫 번째는 식당인 것 같아요."

"식당인가."

누가 기다리고 있을까 생각하며 계단을 내려가 항상 다 같이 밥을 먹는 식당을 들여다보니 이계가 펼쳐져 있었다.

험상궂은 5인조가 몹시 껄렁한 모습으로 기다리고 있었다.

식탁에 다리를 올리는 등의 로즈가 노여워할 만한 행위는 하지 않았지만, 그 더러운 인상과 태도 때문에 상당히 가까이 가기 어려운 공간이 되어 있었다.

당연히 키이라는 마굴로 변한 식당을 보고 작게 비명을 질렀다.

"네아, 키이라랑 같이 있어 줘."

"아~ 그래그래. 다녀와."

"다녀올게."

어깨에 있던 네아를 키이라에게 맡기고 나는 식당에 발을 들였다.

"여, 마물들."

"드디어 왔나, 괴물."

일단 나도 의자에 앉아 다시금 험상궂은 면상들을 보았다.

스킨헤드인 통.

얼굴에 흉터가 있는 고무르.

살짝 통통한 미르.

어떻게 봐도 고블린인 굴드.

머리에 반다나를 두른 알렉.

처음 이 세계에 온 날 들어오게 된 구명단에서 만난 동료들.

"역시 너희는 얼굴이 무섭네."

""""""어엉?!"""""

하지만 내게는 친숙한 얼굴들이다.

"잠깐, 칭찬이야."

"더더욱 성질이 나쁘잖아!"

"이 녀석, 진짜로 감성이 이상해진 거 아니야?"

"방금 그게 칭찬이라니 위험하잖아."

험상궂은 면상들이 이마에 핏대를 세우며 그렇게 말했다.

하지만 이내 뭔가를 참듯 깊이 숨을 들이마셔서 기분을 진정시켰다.

"오늘은 안 싸울 거야."

"그래?"

"오늘만큼은 그래야지."

통의 말을 듣고 깜짝 놀랐다.

딱히 좋아서 싸우는 건 아니지만, 그것도 이 녀석들과의 커뮤니

케이션이라고 생각했기에 통의 말은 솔직히 의외였다.

"뭐, 네가 다른 세계에서 온 애송이라는 건 알고 있었지만, 이제 와서 돌아갈지도 모른다니 거참."

"아직 결정하진 않았어."

"하지만 돌아갈 수도 있잖아?"

"……"

정곡을 찔려서 말문이 막혔다.

통은 식탁에 팔꿈치를 올리고 험악하게 인상을 썼다.

"뭐, 우리 쪽에서 이래라저래라 할 마음은 없어. 솔직히 네가 남든지 가 버리든지 별로 신경도 안 쓰이고."

"까놓고 말하자면 그렇지."

"맞아."

"오히려 괜히 고민하는 너를 보는 게 더 힘들어."

"우리까지 기분이 우울해져."

험상궂은 면상들이 저마다 그렇게 말했다.

『싸움 해금이다. 매정한 놈들……!』 하고 말해 주고 싶지만, 오늘은 싸우지 않겠다고 선언했으니 참을 수밖에 없었다.

"그러니까 너도 우린 신경 쓰지 마."

"……뭐?"

"단장님은 몰라도, 여기 있는 우리 다섯 명을 생각할 필요는 없다는 거야."

험상궂은 면상들을 생각할 필요는 없다.

즉, 이 녀석들은 서툴게나마 내 짐을 덜어 주려는 건가?

그게 뭐야.

이렇게…… 이렇게 열받는 일이 또 있을까.

크게 숨을 들이마시고 성대하게 한숨을 쉬었다.

"하아아아……. 너희는 진짜 뇌까지 근육에 흡수된 거 아니야?"

"""""엉?"""""

아무리 좋게 봐 주려고 해도 너무 나쁜 내 태도에 험상궂은 면상들의 분위기도 험악해졌다.

"쓸데없이 배려하기는. 너희는 아무리 발버둥 쳐도 나의 첫 동료야. 어떻게 생각을 안 하겠어!"

"어엉?! 일일이 우리를 생각하지 말라고!"

"시끄러워, 생각할 거야! 오히려 그렇게 말하면 싫어도 생각하게 돼!!"

그 서툴고 형편없는 배려야말로 내 죄책감을 자극하는 최고의 양념이라는 걸 잊지 말란 말이다!

왜 이렇게 다정한 건데!

아아, 짜증 나!

"이쪽이 배려해 줬더니만 건방지게!"

"누가 배려해 달래? 기분 나빠!"

"하아?! 우물쭈물하는 네가 더 기분 나빠!"

"뭐 인마?!"

아주 자기 멋대로 입을 막 놀리네……!

식탁을 짚고 일어나 이마가 부딪칠 만한 거리에서 통을 쏘아본 나는 다른 이들도 노려보았다.

"전부 밖으로 나와! 하찮은 소리를 한 벌로 한 대 날려 주겠어!!"

"좋다, 이거야! 다들 가자!!"

나와 통이 외치자 알렉, 굴드, 미르, 고무르가 웃으며 일어났다.

"결국 이렇게 되나."

"뭐, 우리답기는 하네."

"나는 처음부터 이러는 게 좋다고 생각했어."

"그럼 싸워 볼까."

저마다 일어나 사납게 웃었다.

그대로 식탁을 떠나 숙소 밖으로 나가는 문을 향해 걸어갔다.

손가락을 뚜둑거리며 험상궂은 면상들을 따라나선 나는 아연하게 이쪽을 보고 있는 키이라와 네아에게 말했다.

"키이라."

"넵?!"

"잠깐 밖에 나갔다 올게. 너는 여기서 기다려 줘."

"아, 알겠습니다!"

등을 꼿꼿하게 펴고 대답하는 키이라에게 고개를 끄덕였다.

네아는 피곤하다는 얼굴이었지만, 금방 돌아올 거니까 참아 줬으면 좋겠다.

어쨌든 지금은 험상궂은 면상들과 이야기를 해야 했다.

제3부 소년과 『가족』

정신 차리고 보니 나를 포함한 전원이 안면에 멋진 걸 달고 땅에 쓰러져 있었다.

역시 구명단의 최고참 멤버들이다.

그 튼튼함은 얕볼 수 없었다.

어쨌든 험상궂은 면상들과의 대화를 육체 언어로 마친 나는 숙소 안에서 기다린 키이라와 네아랑 함께 다음 단원이 기다리는 곳으로 향했다.

다른 단원들은 훈련장으로 가는 길에서 나를 기다리고 있는 듯했다.

누가 어떤 순서로 기다리고 있는지는 몰라도 각오하고서 마주해야 했다.

"너희, 결국 그냥 싸운 거잖아."

네아가 그렇게 지적해서 나는 쓴웃음을 지었다.

"확실히 그렇지만, 나한테는 이게 나아. 그 녀석들이 배려해 주는 건 뭔가 낯간지러우니까."

"그런 남자 간의 우정 같은 건 모르겠어."

예상과는 달라도 나름대로 험상궂은 면상들과 마주했다.

결과적으로 단원끼리 사사롭게 싸움을 벌였으니 나중에 로즈한테 무조건 혼나겠지만 후회는 없었다.

"우사토 씨는 화나면 엄청나네요……."

"그렇다고 이 녀석의 평소 모습이 내숭인가 하면 그렇지도 않아. 둘 다 이 녀석의 진짜 모습이라는 게 고약한 점이지."

"그런가요……?"

"그래. 그러니까 평상시의 이 녀석을 무서워하지 않아도 돼."

네아의 말에 키이라가 고개를 끄덕였다.

나를 두둔해 준 걸까? 고약하다는 말을 들은 것 같은데.

그렇게 생각하며 걸어가니 시선 끝에 누군가가 서 있는 것이 보였다.

"다음은 나크인가……."

예전에 루크비스에서 지도했던 소년.

처음 만났을 때는 비참한 현실에 치여 의욕 없이 지냈지만 이제는 구명단에서 크게 성장한 자랑스러운 내 제자였다.

그 사실을 새삼 감개무량하게 여기며 나크의 말을 기다렸다.

"우사토 씨."

"……."

"저는, 원래 세계로 돌아가도 된다고 생각해요."

"……!"

원래 세계로 돌아가기를 추천하는 의견은 처음이었다.

예상치 못한 말에 깜짝 놀라는 나를 나크는 진지한 눈으로 바라보았다.

"우사토 씨는 너무 열심히 해요."

"너무 열심히 한다고……?"

"아~ 그렇지."

키이라의 어깨에 있는 네아가 납득한 듯 중얼거렸지만 나는 짚이는 구석이 없었다.

훈련을 너무 열심히 하나?

아니, 나도 좋아서 하고 있고, 열심히 하는 것과는 다르겠지.

"마왕군과 싸우고, 서신을 전달하기 위해 긴 여행을 하고…….
요전번에도 전장을 뛰어다녔잖아요."

"응."

"심지어 마왕군의 군단장 전원과 싸웠죠?"

"……응."

"그리고 마지막에는 마왕도 팼어요."

"……."

"솔직히 인간이 할 수 있는 일이 아니에요."

"야, 잠깐만."

지금 흐름에서 내가 인간인지 의심하는 건 이상하잖아.

나도 모르게 태클을 걸었지만 나크의 표정은 변함없었다.

"……성에 있는 기사님들에게 우사토 씨에 관해 물어보고 왔어요."

"나를?"

"우사토 씨를 전장 어디서 봤는지, 어디서 다른 사람을 구하고 있었는지요."

최근 갑자기 안 보일 때가 있더니, 이야기를 들으려고 성에 갔던 건가.

"하지만 내 목격 정보는 꽤 많이 나올걸?"

"그러니까 그게 이상하다는 거예요."

"응?"

내가 고개를 갸웃하자 나크가 한숨을 쉬었다.

"어째서 우사토 씨는 전장 곳곳에서 목격되는 건가요……?"

"흰옷으로서 움직였으니까. 여기저기 뛰어다니며 부상자를 도와야 했어."

그리고 로즈가 네로와 싸울 때는 흰옷이 나 혼자였다.

하지만 나크가 하고 싶은 말이 뭔지는 알았다.

"그게 구명단의 사명이라는 건 알아요. 그렇게 움직일 수 있을 만큼 노력하신 것도 알아요. 그러니 제가 이렇게 생각하는 건 무척 실례일지도 모르지만……."

머뭇거리면서도 나크는 나와 확실하게 시선을 맞췄다.

"우사토 씨는 너무 열심히 해요. 좀 더 자신을 생각해 주세요."

"……아니, 생각하는데."

"어떻게 봐도 자기 자신은 뒷전이잖아요."

그렇게 말하니 뭐라 대꾸할 수도 없었다.

내가 전장에서 한 행동을 돌이켜 보면 확실히 무모한 장면도 있었다.

네로 아젠스를 막았을 때는 진짜로 죽을 뻔했고.

"제게 이야기해 준 기사님들은 군단장이라는 무시무시한 존재를 전장에서 만나면 죽음을 각오한다고 했어요. 그런 존재와 싸우고,

엄청나게 큰 괴물과도 싸우고……. 그건 치유마법사의 영역을 완전히 넘어섰어요."

"지당한 말이야. 듣고 있니? 근육뇌."

"우사토 씨, 그렇게까지 했던 건가요……?"

네아가 불퉁한 눈으로 노려보았고 키이라는 다소 기겁한 모습이었다.

이렇게 나크가 사실을 나열하니까 새삼스럽지만 내가 얼마나 무모한 짓을 벌였는지 이해하게 되었다.

"사실 저는 우사토 씨에게 배우고 싶은 게 아직도 많아요."

"나크……."

"하지만 그 이상으로 우사토 씨가 무리하지 않았으면 좋겠어요."

무리한다고 생각한 적은 없지만, 네아가 고개를 주억거리는 걸 보니 나크의 의견도 틀리지는 않은 것 같았다.

"그리고 고향을 그리워하는 건 당연해요."

"……."

"저는 이제 고향에 돌아갈 수 없지만……."

나크는 친부모에게 지독한 취급을 받았었다.

물 계통 마법을 가지고 태어나야 했는데 치유마법이 각성한 나크는 부모에게 냉대받으며 자랐다.

이후 루크비스에서 구명단에 들어가는 길을 택하여 부모와 절연하고 링글 왕국에 왔다.

"우사토 씨가 돌아오길 기다리는 가족이 있다면 돌아가야 한다고 생각해요."

나는 끝내 아무 말도 할 수 없었다.

"우사토 씨……."

키이라가 나를 올려다보았다.

이 아이는 가족을 생각해서 스스로 가족 곁을 떠나기로 했다.

언젠가 어둠마법을 정복하고 다시 만나러 가기 위해.

"……아직은, 정할 수 없어."

"……."

"확실히 원래 살던 세계의 가족도 소중하지만, 내게는 이 구명단도 집과 같아서 여기 사는 모두도 가족처럼 여기고 있어."

피로 맺어진 인연만이 가족인 건 아니었다.

키이라가 자란 환경을 떠올리며 어색하게나마 내 생각을 말했다.

"그러니 구명단 전원과 마주하고 나서 정하려고 해."

"……우사토 씨답네요."

"그런가?"

내 말에 나크는 쓴웃음을 지었다.

"루크비스에서 저를 도와주셨을 때부터 변함없어요. 강하고, 상냥하고…… 무섭고, 귀신같은 사람이에요."

"뒷부분은 필요 없지 않았을까……?"

뺨을 실룩이고 있으니 나크가 옆으로 비켜섰다.

"우사토 씨, 고맙습니다."

"이제 됐어?"

"네, 하고 싶은 말도 했고, 묻고 싶은 것도 확실하게 물어봤으니까요. 저는 그거면 충분해요."

"고마워, 나크."

스쳐 지나가며 어깨를 두드려 주고 다시 걷기 시작했다.

그때 뭔가를 떠올렸는지 나크가 말했다.

"다음은 페름 씨예요. 아마 그 사람은 저보다도 품고 있는 감정이 클 테니까…… 힘내세요."

"……? 그래, 알겠어."

나크의 말에 고개를 끄덕이고서 앞으로 나아갔다.

나크를 지나 숲길에 들어서자 어깨에 있는 네아가 불쑥 말했다.

"근데 가족처럼 여긴다는 말은 의외였어."

"으……."

아까 나크에게 한 말을 지적해서 얼굴에 열이 올랐다.

내가 한 말이지만 오글거리긴 했다.

바로 그걸 지적하는 걸 보면 이 사역마는 성격이 아주 좋았다.

"혹시 나도 가족으로 여긴다거나~?"

"……."

"어? 정말 그래……?"

네아가 당황했다.

무심코 눈가를 짚는 내게 키이라가 웃으며 말했다.

"조, 좋은 일이에요! 정말로요!"

"응. 고마워, 키이라."

너는 변치 말아 줘……!

험상궂은 면상들과 싸우고.

나크와 이야기하고.

그리고 다음은 페름이다.

예전에는 무시무시한 적이었던 마족.

내가 전장에서 붙잡고 로즈가 구명단에 데려와 지금은 동료가 되었지만, 그 아이가 내게 어떤 감정을 품고 있을지는 알 수 없었다.

"페름과도 마주해 봐야 알 수 있나."

중얼거리며 앞을 보았다.

이 앞에 페름이 있다.

우선은 페름의 이야기를 들어 보자.

***

"……가 버렸네."

돌아갈 고향과 가족이 있다면 그쪽을 택하는 편이 무조건 좋다.

그건 부모에게 버려진 나의 미련이기도 했다.

"……아아, 괴롭다."

감정적으로 본심을 말할 수 있었다면, 이 세계에 있으라고 우사토 씨를 붙잡을 수 있었다면 얼마나 좋았을까.

하지만 그건 우사토 씨와 원래 세계를 떼어 놓는 짓이었다.

167

그렇게 생각하니 이 세계에 남아 달라고 간단히 말할 수 없었다.

"오, 나크. 너도 얘기 끝났냐."

내 등을 가볍게 두드린 사람은 같은 구명단원인 미르 씨였다.

미르 씨는 히죽 웃으며 말했다.

"그 녀석, 완고했지?"

"네. 아주 완고했어요."

"그랬겠지. 우리도 비슷했어."

"미르 씨네는 어떤 얘기를 했나요?"

"이야~ 결국 주먹다짐이었어."

"주먹다짐?!"

호쾌하게 으하하 웃는 미르 씨를 보며 놀랄 수밖에 없었다.

확실히 우사토 씨의 단복이 지저분하다고 생각하긴 했지만 주먹
다짐을 벌인 뒤였을 줄은 생각도 못 했다.

"하여간 누님처럼 성장해 가지고는. 처맞는 우리 입장도 좀 생각
해야 하는 거 아니냐? 뭐, 그만큼 우리도 패 줬지만!"

"우사토 씨도 괴물 같지만 여러분도 상당하네요."

"하! 당연하지. 우리는 우사토보다 먼저 누님 밑에서 굴렀어. 얻
어터진 횟수는 우리가 더 많아."

그건 과연 자랑할 만한 일일까요?

어떻게 반응하면 좋을지 알 수 없어서 머뭇거리고 있으니 갑자기
미르 씨가 입을 열었다.

"나크, 우리는 지금부터 훈련할 거다."

"네? 오늘은 훈련하지 않는다고 로즈 씨가……."

"우리 역할은 끝났으니까. 그리고 마지막은 오래 걸릴 게 뻔해. 그럼 그사이에 잠깐 달려야 하지 않겠냐."

마지막이라면…… 아아, 과연.

확실히 미르 씨가 말한 대로 당장 끝나지는 않을 것이다.

"그럼 저도 참가할래요."

"괜찮겠어? 뒤처지면 두고 갈 거야."

"지금은 몸을 움직이고 싶은 기분이라서요."

뭐랄까, 가만있을 수 없었다.

좌불안석이 된 나는 몸을 풀며 미르 씨를 따라갔다.

"……아직도 당신의 등은 머네요."

그렇게 중얼거리며 뒤돌아보았다.

우사토 씨의 뒷모습은 이미 보이지 않았다.

지금의 내게는 아직 뒷모습조차 보이지 않지만, 언젠가 반드시 당신 옆에 설 수 있을 만큼 성장하겠다.

"반드시 해내겠어!"

당신이 어느 쪽을 택할지는 알 수 없다.

그래도 내가 존경하며 목표로 삼은 당신이란 존재는 결코 흔들리지 않는다.

제4부 분노를 담은 눈물

예전에 선배와 카즈키를 죽음의 문턱까지 몰아넣었던 무시무시한 흑기사, 페름.

포로로 감옥에 잡혀 있을 때 치유마법을 베푼 나를 보며 눈물을 흘렸던 페름의 표정이 지금도 기억났다.

우여곡절 끝에 구명단에 들어온 페름은 크게 성장했다.

"……."

"네, 네아. 저 애, 당장에라도 날 공격할 듯한 얼굴로 기다리고 있는데……."

페름은 말없이 팔짱을 끼고 서 있었다.

위협하듯 뚫어져라 나를 노려보는 페름에게 다가가도 될지 망설여졌다.

"가. 네가 가야 뭐든 시작될 거 아니야."

"아, 알았어……."

가까이 다가가니 페름은 한층 더 나를 노려보았다.

"왜 이렇게 늦게 와!"

험상궂은 면상들과 이야기할 때부터 기다렸다면 꽤 오래 기다리게 했을지도 모르겠다.

그래서 기분이 나쁜가?

"너도 할 얘기가 있는 거지?"

"……그래. 하지만 그 전에…… 네아, 키이라랑 같이 자리를 비켜 줘."

다른 사람한테는 숨기고 싶은 내용인 걸까.

"알겠어. 키이라, 가자."

의외로 네아는 납득한 모습으로 받아들였다.

"네? 하지만……."

"단둘이 있게 두자는 거야."

"아……! 네!"

네아가 키이라의 어깨로 이동했고 두 사람은 그대로 멀어졌다.

그렇게 페름과 나, 단둘만 남았다.

"……"

결심이 안 서는지 여전히 말이 없는 페름을 보았다.

네아처럼 건조하게 「어찌 되든 좋아」라고 한다면 꽤 충격일 것 같다.

아니, 애초에 페름이 구명단에 온 원인을 만든 사람이 나고, 훈련할 때는 꽤 심하게 굴렸고, 어쩌면 페름은 날 미워할지도 모른다.

"우사토."

그 생각이 머릿속을 스쳤을 때, 갑자기 이름을 불렀다.

"어, 응."

다시금 마주 보니 페름은 똑바로 나를 바라본 채 입을 열었다.

"너, 여기 남아."

"……어?"

예상치 못한 말에 어안이 벙벙해졌다.

"돌아가라고……?"

"남으라고! 제대로 들어, 이 바보 근육뇌야!"

솔직히 냉큼 돌아가라고 할 줄 알았다.

"하지만 어째서……?"

"……말해야 해?"

"왜 거기서 주저하는 거야……?"

페름은 어째선지 갈등하는 것 같았다. 자신의 옷자락을 꽉 움켜잡으며 말을 쥐어짜려고 했다.

"으, 으으으……."

괘, 괜찮은 건가?

끙끙거리는 모습을 보니 걱정이 돼서 말을 걸려고 했을 때, 페름이 얼굴을 번쩍 들었다.

"네, 네가! 사라지지 않길 바라니까!"

"……뭐어?!"

페름이 무슨 말을 했는지 일순 알아듣지 못했다가, 몇 초에 걸쳐 뜻을 이해하고 놀라서 외치고 말았다.

내가 사라지지 않길 바란다는 말을 이 아이한테서 들을 줄은 몰랐다.

"나는! 친부모도 나를 무서워하고 거부해서 그날부터 줄곧 아무도 믿지 않고 살아왔어! 타고난 마법 때문에 누군가에게 친절한 대접을 받은 적도 없고, 사랑받은 적도 없어……!"

후려치는 것 같은 페름의 말에 나는 목소리를 낼 수 없었다.

"전부 어찌 되든 좋아져서……! 살아 있다는 실감을 얻기 위해 흑기사로서 싸우고 있을 때 네가 나타났어……!"

내가 페름…… 흑기사와 조우했을 때는 그야말로 수라장이었다.

전장에 쓰러진 선배와 카즈키를 끝장내려고 하는 페름을 봤을 때는 나도 냉철해질 수 없었다.

"붙잡혔을 때는 솔직히 나 자신도 어찌 되든 좋았어……. 하지만 네가 치유마법으로 강제로 상처를 고치고 나서부터 내 안에서 뭔가가 바뀌었어……!"

"뭔가가 바뀌었다니…… 뭐가?"

"그딴 거 내가 알겠냐!"

최대한 냉철하게 질문했지만 페름은 화를 냈다.

자신보다 더 평정심을 잃은 사람을 보면 오히려 냉정해진다는 이야기는 정말인 모양이다.

기세에 압도당한 채 있으니 페름이 양손으로 내 멱살을 잡았다.

"그런데 너는……!"

시선이 교차했다.

페름의 눈은 젖어 있었다.

"페름…… 울어……?"

"……윽, 그래. 운다, 왜! 그럼 안 돼?!"

그렇게 말하고 페름이 나를 노려봐서 동요했다.

"너 말이야! 그렇게 사람을 바꿔 놓고 멋대로 어딘가로 사라지려고 하지 마!"

"페름……."

"뇌까지 근육인 너도 알아들을 수 있도록 확실하게 말해 줄 테니

173

까 잘 들어!"

페름이 크게 숨을 들이마셨다.

내 멱살을 잡은 손에도 힘이 들어갔다.

"나는 네가 사라지지 않았으면 좋겠어! 네가 사라지면 쓸쓸해!"

"……."

"그래서 나는 네가 남았으면 좋겠어……!"

이것이 페름의 본심이었다.

청개구리라서 속마음을 말한 적이 없었던 페름의 호소.

솔직히 나는 이 말에 어떻게 대답하면 좋을지 알 수 없었다.

카즈키는 스스로 선택하여 원래 세계로 돌아가기로 했다.

선배는 내가 고른 세계를 따라가겠다고 했다.

로이드 님은 내 선택을 존중하겠다고 했다.

올가 씨는 다른 누구도 아닌 내 생각으로 결정하라고 했다.

나크는 원래 세계에서 기다리는 가족이 있다면 그쪽을 택해야
한다고 했다.

내 선택은 남에게 맡길 수 없다.

하지만 눈앞에서 울고 있는 페름을 보니 무엇을 어떻게 말하는
게 정답인지 알 수 없어졌다.

"으, 우으……."

내 멱살을 잡은 채 무너진 페름을 부축했다.

여기서 안이하게 결론을 내는 무책임한 짓은 할 수 없지만, 페름
의 마음은 기뻤다.

"고마워, 페름."

"시끄러워……!"

고개 숙인 채 페름이 그렇게 대답했다.

눈가를 닦은 페름은 잠시 후 얼굴을 들었다.

"……나는 내가 하고 싶은 말을 했을 뿐이야. 둔감한 너에게 전해지도록 말이지."

"그래, 분명하게 전해졌어."

내 말을 듣고 페름은 안도한 듯 가슴을 쓸어내렸다.

하지만 곧장 당돌한 표정으로 노려보았다.

"그럼 냉큼 앞으로 가!"

"어?"

"여기서 답을 내라고는 안 해. 이 앞에 있는 지옥을 빠져나온 뒤에 답을 내!"

"잠깐만, 방금 무서운 말을 하지 않았어?"

아니, 이 앞에서 나를 기다리고 있을 사람을 생각하면 지옥인 것도 이해는 가고, 각오도 했다.

하지만 새삼 들으니 그 각오도 무뎌진다……!

"하! 네가 살아 돌아올지는 모르겠지만 말이야!"

원래 세계로 돌아가지 않길 바라면서, 살아 돌아오는 건 바라지 않는 거니?

이때를 놓칠세라 페름이 비웃어서 내 얼굴은 미묘해졌다.

하고 싶은 말을 전부 한 페름에게는 이제 남의 일인 거겠지.

"……."

아니, 그건 살짝 납득이 안 간다.

"좋아, 너도 데려갈까."

"너, 활짝 웃으면서 무슨 소릴 하는 거야!"

내가 제안하자 페름이 겁에 질려 외쳤다.

그런 페름을 보고 나는 온화하게 웃었다.

"횡단보도도 다 함께 건너면 안 무서워."

"무슨 말인지 모르겠지만, 네가 말하는 『횡단보도』가 그 여자랑 똑같을 리 없잖아! 웃기지 마! 죽을 거면 혼자 가!"

"같이 죽자."

"나를 끌어들이지 마!"

한 명 정도는 지옥에 함께 데려가도 좋을 것 같았다.

그렇게 떠들썩한 대화를 나누고 있으니 자리를 비켜 줬던 네아와 키이라가 돌아왔다.

"너희 뭐 해……?"

"즐거워 보여요."

……분위기도 바뀌었고, 슬슬 앞으로 갈 때인가.

페름 곁에서 떨어져 두 사람 쪽으로 이동했다.

"그럼 우리는 갈게."

"……그래, 얼른 가."

퉁명스럽게 말하는 페름에게 고개를 끄덕여 주고서 우리는 앞으로 나아갔다.

＊＊＊

"우사토 씨, 페름 씨랑 어떤 얘기를 했나요?"

페름의 모습이 안 보이게 되었을 즈음에 키이라가 내게 말했다.

"으음~ 페름을 위해서 비밀로 해 둘게."

"맞아. 그런 건 물어보지 않는 편이 좋아."

"……? 네, 알겠습니다!"

키이라는 순순히 고개를 끄덕였지만, 네아가 왠지 비밀을 알고 있는 것 같아서 신경 쓰였다.

은근슬쩍 시선을 주니 올빼미 모습인 네아가 내 어깨로 이동했다.

"같은 방을 쓰는걸. 평범하게 눈치채."

"너는 알고 있었어?"

"네가 원래 세계로 돌아갈지도 모른다는 얘기를 듣고 나서부터 줄곧 몰래 고민하더라고."

"그랬구나……."

나는 너무 내 고민에만 집중했던 걸지도 모르겠다.

다른 걸 생각할 겨를이 없기도 했지만 그게 변명이 되지는 않았다.

『으, 으아아아아아!!』

그때, 뒤에서 비명이 들렸다.

"뭐, 뭐야?!"

"페름 씨의 목소리예요!"

나와 키이라는 깜짝 놀라서 돌아보았다.

하지만 네아는 「아차~」 하고 탄식하듯 날개로 머리를 짚었다.

"아~ 신경 쓰지 않아도 돼. 그냥 내버려 둬."

"어째서?!"

"저건 아마 너한테 한 말을 떠올리고 혼자 자폭하고 있는 걸 테니까."

"그, 그런 거야?"

"응. 페름을 생각한다면 오히려 앞으로 가는 게 도와주는 거야."

네아가 그렇게 말한다면 그래야 하려나.

뒤쪽을 신경 쓰면서 걸음을 뗐다.

……곧 있으면 훈련장이다.

그 사람이 기다리고 있겠지.

"마음 단단히 먹어야 해……."

나크와 페름처럼 이야기하고 끝날 상대는 아니니까.

제5부 사제

내가 구명단에 들어오고 나서 정이 든 장소가 두 군데 있다.

하나는 숙소.

맨 처음 로즈에게 끌려와 동료들과 함께 먹고 잔 곳이다.

내게 있어 이곳은 이 세계의 집이라고 해도 좋았다.

그리고 다른 하나는 훈련장.

하염없이 달리고, 하염없이 근력 운동을 해야 했던 내게는 가장

인연이 깊은 곳이었다.

특히 로즈에게 훈련받은 처음 몇 주간은 제대로 된 기억이 없을 정도였다.

「질까 보냐.」

「본때를 보여 주겠어.」

「절대 도망치고 싶지 않아.」

그런 반골 정신으로 계속한 훈련이지만, 그 가혹한 훈련이 지금의 나를 만든 중요한 요소라고 할 수 있었다.

"……."

피땀을 흘리며 필사적으로 달리느라 수없이 밟았던 지면.

그 지면을 밟으며 한 걸음씩 나아가니 훈련장 중심에서 팔짱을 끼고 서 있는 로즈가 보였다.

"왔냐."

"……네."

내 모습을 본 로즈는 팔짱을 낀 채 날카로운 시선을 보냈다.

"단원들과 얘기는 했고?"

"네."

"그럼 내가 할 말은 없어."

"……없나요?"

놀라서 질문하니 로즈는 재미있다는 듯 웃었다.

"웬만한 건 올가가 말했겠지. 너의 답은 너 자신이 정해야 한다고 말이야. 이제 와서 비슷한 말을 또 해 봤자 지겹기만 하잖아?"

확실히 로즈라면 그렇게 말할 것 같기는 했었다.

그럼 로즈가 지금부터 하려는 건 설교 같은 게 아닐 것이다.

"뭐, 그래도 살짝 말해 둬야겠다고 생각한 게 있어."

"……그게 뭐죠?"

"너답지 않은 짓 하지 마."

그렇게 말한 로즈가 평소처럼 사납게 웃었다.

"네가 해야 하는 선택은 쉽지 않아. 두 세계 중 하나를 고르라고 하면 그야 죽어라 고민하겠지."

"실제로 죽어라 고민하고 있어요……."

지금까지 많은 사람의 말을 들었다.

모든 말이 생각할 거리를 줬고 한층 더 고민하게 만들기도 했지만, 모두의 이야기를 듣고 후회한 적은 한 번도 없었다.

"하지만 말이다……."

그렇게 생각하고 있으니 로즈가 팔짱을 낀 채 나를 가리켰다.

"생각한다고 답이 나오는 문제가 아니잖아. 바보냐?"

"어어……."

너무 신랄한 말에 아연해졌지만, 한편으로는 납득하기도 했다.

"뭐, 나름 필사적으로 답을 내리려고 한 건 인정하지만……."

"그게 저답지 않았다는 건가요?"

"그래."

자각은 있었다.

고민하면서 몇 번이고 그렇게 생각했다.

"하아, 여기까지 와서 단장님한테 깨우침을 얻을 줄은 생각도 못했어요."

"그래서 이제 어쩔 거지? 얌전히 숙소로 돌아갈 건가?"

"농담도……!"

다시 기합을 넣기 위해 뺨을 때리고 나서 웃으며 로즈를 보았다.

로즈도 웃으며 팔짱을 풀었다.

"그럼 단장님 말대로 「저답게」 굴겠어요."

"하! 네 성격에는 그게 맞겠지."

생각은 그만하겠다.

지금부터 벌이는 건 주먹다짐이다.

나는 언제나 그런 상황 속에서 답을 찾았다.

하지만 지금 내게는 여러 가지로 짊어진 것이 있었다.

"키이라."

뒤따라온 키이라에게 말했다.

지켜보는 역할인가…… 정말 그 말대로네.

"이걸 잠시 맡아 줘."

"……네?"

나는 입고 있던 단복을 벗어 키이라에게 맡겼다.

그리고 또 하나, 오른팔에 차고 있던 팔찌— 파르가 님에게 받은 건틀릿도 맡겼다.

키이라의 어깨로 이동한 네아는 놀라며 나를 보았다.

"괜찮겠어? 우사토."

"그래. 지금만큼은 구명단원인 내가 아니라 그저 우사토 켄으로서 저 사람과 마주하겠어."

"그게 주먹다짐이어도……?"

나와 로즈의 관계성은 네아에게 그저 난폭해 보일 것이다.

하지만 그래도 상관없다.

나와 로즈의 관계는 이 세계에 소환된 그 날부터 하나도 바뀌지 않았다.

그래서 나는 네아를 향해 웃었다.

"나답잖아?"

"……아~ 정말! 마음대로 해!"

"저, 저기, 저는 어쩌면 좋죠……?"

"떨어지자! 뇌까지 근육인 이런 바보는 그냥 마음대로 하라고 두면 돼!"

키이라는 화난 모습인 네아와 함께 훈련장 가장자리로 갔다.

단복을 벗은 나는 소매를 걷어붙이며 다시금 로즈와 마주 섰다.

"항상 쓰는 건틀릿을 안 써도 괜찮겠어?"

"이번만큼은 잔재주 부리지 않고 싸우고 싶어서요."

"하! 후회하지 마라."

건틀릿 없이 싸우는 건 정말로 오랜만이다.

방어 보조뿐만 아니라 계통 강화의 폭발을 응용한 기술도 필연적으로 전부 쓸 수 없다.

그런 상황에서 나보다 훨씬 수준이 높은 로즈에게 도전하는 것이니 정말이지 무모했다.

"그래도……."

역시 마음속에서 솟아오르는 고양감은 무마할 수 없었다.

4왕국 회담 전에 모의전을 벌였을 때는 흠씬 얻어터졌다.

이번에도 그렇게 얻어터질지도 모른다.

하지만 똑같이 질 생각은 추호도 없었다.

"갑니다!"

"오냐, 덤벼라!"

나는 땅을 박찼다.

지금까지 하던 고민을 전부 사고의 저편으로 몰아내며 나는 로즈에게 향했다.

＊＊＊

어쩌다 보니 우사토 씨와 로즈 씨가 싸우게 되었다.

왜 그렇게 됐는지 나는 전혀 이해할 수 없었지만, 어깨에 있는 네아 씨는 잘 알고 있는 것 같았다.

"진짜 믿을 수가 없어! 여기까지 와서 주먹다짐을 시작하다니 의미 불명이야!"

네아 씨가 몹시 화를 냈다.

아니, 화났다기보다는 어이없어한다는 표현이 맞으려나?

"어, 어째서 우사토 씨는 로즈 씨와 싸우는 거죠……?"

"머리를 비우기 위해서라든가 기합을 넣기 위해서라든가, 어차피 그런 이유겠지."

"어어⋯⋯."

생각보다 모호한 이유로 싸우는 것에 놀라면서 나는 우사토 씨가 맡긴 하얀 옷과 은색 팔찌를 고쳐 안았다.

단복이라고 부르는 하얀 옷은 보기보다 무거웠고 튼튼한 옷감으로 만들어져 있었다.

가까이서 보니 수선된 자국도 있어서 오랫동안 쓰였다는 게 느껴졌다.

"⋯⋯저기, 이건 뭔가요?"

우사토 씨가 건넨 또 다른 물건인 은색 팔찌를 네아 씨에게 보여 줬다.

네아 씨는 씁쓸한 표정으로 내 어깨에서 날아올라 사람 모습으로 변했다.

"일단 앉자."

"앗, 네."

네아 씨의 권유로 우리는 들판에 앉았다.

로즈 씨와 우사토 씨의 모습이 보였지만 아직 싸움은 시작되지 않은 것 같았다.

"그건 우사토의 무구야."

"이 팔찌가요?"

"보통은 팔찌 상태지만, 우사토가 쓰면 그건 은색 건틀릿으로 바꿰어."

"그, 그런가요…… 멋있네요."

변형되는 무구라니 처음 들었다.

팔찌를 빤히 바라보고 있으니 네아 씨가 보충하듯 설명해 줬다.

"원래는 선대 용사가 가지고 있었던 카타나라는 무기였는데, 그걸 우사토 전용으로 다시 만든 거야."

"뭔가 능력이 있나요?"

"일단은. 말도 안 되게 단단하다는 능력뿐이지만."

그저 단단할 뿐……?

그건 과연 능력이라고 할 수 있는 걸까.

내가 얼떨떨해하자 네아 씨는 곤란한 듯 웃었다.

"뭐, 보통은 그렇게 반응하지. 하지만 그냥 단단한 게 아니라 정말 온갖 것이 통하지 않는 무적의 단단함을 자랑해. 어디까지나 건틀릿 부분에만 효과가 있지만……."

"있지만?"

"원래는 건틀릿이 아니라 더 공격적인 능력으로 만들 수도 있었다고 해."

능력을 고를 수 있는 건가?

그런 의문이 들었으나 일단은 네아 씨의 목소리에 귀를 기울였다.

"우사토가 가진 팔찌 말고도 비슷한 무구가 있는데, 그것들은 전부 강력한 힘을 간직하고 있었어. 이 나라의 용사가 가진 무구도 우사토의 무구와 비슷하게 만들어진 거야."

"그런가요……?!"

우사토 씨는 정말로 정체가 뭘까.

이런 이야기를 들으면 나는 아직도 우사토 씨를 전혀 모른다는 생각이 든다.

"우사토는 상처 입히기 위한 힘이 아니라 지키기 위한 힘을 추구하여 그 팔찌를 손에 넣은 거야."

"지키기 위해……."

내가 똑같은 일을 할 수 있을까.

내 몸에 깃든 어둠마법으로 누군가를 상처 입히는 게 아니라 소중한 사람을 지키는 거다.

우사토 씨처럼 그럴 수 있다면 나도…….

"하지만 이번 싸움만큼은 정말로 위험해."

"그, 그 정도인가요?"

"생각해 봐. 이건 치유마법사끼리 치고받는 거야."

그렇다면 다쳐도 고칠 수 있으니까 괜찮은 것 아닌가?

나는 아직 치유마법을 잘 모르지만, 회복에 아주 뛰어난 효력이 있다는 것은 안다.

"저 두 사람은 평범한 치유마법사와 달라. 마왕군의 군단장과 싸워서 이길 정도로 완력이 강한 파격적인 녀석들이야."

"어, 네."

"그리고 사투를 벌여도 각자 치유마법으로 자신을 계속 고칠 수 있어. 즉, 지금부터 벌어지는 건 끝이 보이지 않는 싸움이야."

……．

"그, 그럼 말리는 게 좋지 않나요?!"

"그럴 수 없으니까 아까 화낸 거야!"

마침내 사태의 심각성을 이해했으나 이미 로즈 씨와 우사토 씨는 싸우기 일보 직전이었다.

우사토 씨는 그렇다 쳐도, 로즈 씨는 평범하게 너무 무섭기에 둘 사이에 끼어들어서 싸움을 말리자는 생각조차 들지 않았다.

허둥거리고 있으니 우사토 씨가 앞으로 튀어 나갔다.

순간이동처럼 보일 만큼 빠르게 사라지고 로즈 씨 바로 앞에 나타났다.

『하! 전보다 과감하네.』

『윽!』

우사토 씨가 내지른 주먹을 한 손으로 막은 로즈 씨가 육식 동물같이 비죽 웃고서 주먹으로 우사토 씨를 올려 쳤다.

꿍음과 함께 우사토 씨의 몸이 공처럼 날아갔다.

그대로 땅에 떨어지려나 싶었지만 우사토 씨는 공중에서 몸을 휙 돌려 착지했다.

『이 정도에 제가 당할 리 없죠!』

『입 놀리지 말고 덤벼.』

『말 안 해도 그럴 거예요!』

재차 땅을 박찬 우사토 씨의 모습이 또 사라졌다.

그 자리에서 움직이지 않는 로즈 씨의 몸이 흐려질 때마다 뭔가가 격돌하는 소리가 났다.

내 눈으로는 전혀 따라잡을 수 없는 공방이었다.

수없이 맞부딪치는 소리가 울리는 가운데, 두 사람의 고양된 웃음소리가 들려왔다.

『하, 하하!』

『후, 하하하……!』

즐거운 목소리와는 딴판으로 맞부딪치는 타격음은 심상치 않았다.

그 광경에 그저 압도되었다.

"이게 바로 마왕군이 두려워했던 치유마법사의 싸움……."

코가 씨가 신뢰하고 흥미로워한 우사토 씨의 힘.

여태껏 그 일부만을 봤었지만, 네아 씨가 말한 대로 충격적인 광경이었다.

나는 그걸 지켜보고 싶다.

어쩌면 내가 우사토 씨의 싸움을 보는 건 이게 처음이자 마지막일지도 모르니까.

***

휘둘린 주먹의 충격이 방어를 관통했다.

몸에 꽂힌 발차기에 전신의 뼈가 삐걱거렸다.

새삼 아프다고 쓰러질 만큼 어설프게 단련하진 않았지만, 역시 로즈의 공격은 버티기 힘들었다.

이 사람은 늘 나의 목표였다.

길을 보여 준 은인.

나를 단련해 준 스승.

신뢰할 수 있는 상사.

그런 로즈에게 나는 오늘도 또 가르침을 받고 있었다.

"으랴아!"

도약하여 위에서 주먹을 휘둘렀다.

그 주먹에 맞춰 로즈도 주먹을 내밀었지만, 그걸 예상했던 나는 주먹을 펴서 로즈의 팔을 잡고 다리로 관절기를 걸었다.

"허술해!"

"으어?!"

하지만 로즈는 완력으로 팔을 들어서 그대로 나를 땅에 내동댕이쳤다.

호흡이 새어 나오며 숨 막히는 압박감이 들었지만 어떻게든 몸을 굴려 일어났다.

그리고 다시 달려들었다.

몇 번이고 그걸 우직하게 반복했다.

어떻게 공격하든 막히고 말았지만.

"하, 하하하!"

그런 상황인데도 내 마음은 가벼웠다.

지금까지 계속 고민한 반동인지, 억압되었던 스트레스가 발산되는 느낌이 들었다.

"어이, 우사토!"

"네!"

달려들면서 로즈에게 대답했다.

정면에서 손으로 내 주먹을 막은 로즈는 평소처럼 웃었다.

"너, 여기 들어와서 후회하진 않냐?"

"후회했다면 지금 이렇게 치고받고 있지 않았겠죠……!"

반대쪽 주먹을 휘두르자 옆에서 강렬한 발차기가 날아왔다.

아슬아슬하게 방어했지만 몸이 날아갔고 지면을 쭉 미끄러져 겨우 멈췄다.

"구명단에 들어오고 나서 이 세계에서의 제가 시작됐어요!"

죽어라 훈련하고.

반골 정신만으로 훈련을 극복하고.

단복을 받아 정식 단원이 된 뒤로도 나는 이곳을, 그리고 이 세계를 뛰어다녔다.

물론 좋은 일만 있지는 않았다.

개중에는 나쁜 사람도 있었고, 힘든 일도 겪었다.

하지만 그 이상으로 많은 사람과 만나고 인연을 맺었다.

"아아, 그래!"

이 세계에 사는 사람들 덕분에 이 세계에서의 내 생활은 다채로워졌다.

이 세계에 사는 사람들의 평화를 위해 마왕군과 싸우는 의의를 발견할 수 있었다.

"나는 이 세계를 정말 좋아해!!"

힘차게 주장하듯 치켜든 주먹을 로즈에게 날렸다.

그 공격은 팔에 막혔지만, 질 수 없다며 한 번 더 주먹을 치켜들었다.

"이 세계에서 만난 사람들과 맺은 인연도! 무엇과도 바꿀 수 없는 소중한 인연이야!"

"그럼 너는 이 세계에 남을 거냐?!"

"윽!"

카운터로 들어온 주먹이 뺨에 꽂혀서 몸이 날아갔다.

입 안에 고인 피를 뱉고 치유마법으로 고친 나는 쉬지 않고 일어났다.

"원래 세계에는 가족이 있어요! 그 정도는 이해해 달라고요!"

"그럼 넌 어쩌고 싶은데!"

"글쎄요, 어떡할까요! 지금의 저는 아직 정할 수 없어요!"

얻어맞고 날아가도 계속해서 일어났다.

그럴 때마다 지금까지 이 세계에서 걸어온 여행길이 주마등처럼 머릿속에 떠올랐다.

그리고 내가 들은 사람들의 말이 목소리가 되어 울렸다.

『나는 자네도 후회 없는 선택을 하길 바라네. 누가 골라 준 것이 아닌 자네만의 답을 찾게.』

로이드 님은 내게 자유롭게 선택하길 촉구했다.

인생을 걸고 수행할 큰 사명을 말하는 로이드 님의 모습은 존경스러웠다.

『하지만 선택에서 도망치면 안 된다는 걸 배웠으니까.』
　카즈키는 눈앞의 선택에서 도망치지 않는 결의를 말해 줬다.
　아무리 현실이 괴로워도 외면하지 않고 행동할 수 있었던 카즈키는 대단했다.

『나는 네가 있다면 어느 세계든 상관없어.』
　선배는 내 선택과 함께하는 미래를 택했다.
　나도 선배가 있는 세계라면 그렇게 나쁘지 않을 것 같다고 생각한다.

『하지만 이 이별이 재회로 이어진다면 저는 힘내고 싶어요. 그게 제가 바라는 미래로 이어질 테니까요.』
　키이라는 소중한 가족이 다치지 않도록 스스로 가족 곁을 떠났다.
　이별이 재회로 이어진다.
　그러기 위해 노력하는 키이라의 모습을 나는 어느 한 세계와는 작별해야 하는 내 모습과 겹쳐 보고 있었다.

『가능성이 두 가지만 있는 건 아니야. 너라면 다른 선택지를 만들 수도 있을 거야.』

올가 씨는 내게 새로운 선택지가 있을 가능성을 보여 줬다.

어쩌면 정말로 새로운 길을 만들 수 있을지도 모른다는 생각이 들게 했다.

『우사토 씨가 돌아오길 기다리는 가족이 있다면 돌아가야 한다고 생각해요.』

나크는 가족과 만나야 한다고 말해 줬다.

예전에 루크비스에서 비탄에 잠겨 지내던 소년의 말을 듣고 큰 성장을 느꼈다.

『나는 네가 사라지지 않았으면 좋겠어! 네가 사라지면 쓸쓸해!』

페름은 나에게 남아 달라고 했다.

눈물을 흘리며 호소했다.

예상외였지만, 페름의 올곧은 말이 내 마음에 가장 깊이 박혔다.

각자의 말을 듣고 했던 생각을 정리했지만—.

"—어떻게 하나만 선택하라는 거야!!"

당연히 답이 나올 리가 없었다.

알고 있었다.

왜냐하면 나는 원래 살던 세계와 똑같이, 혹은 그 이상으로 이 세계를 사랑하게 됐으니까.

이렇게 된 거 선택 따위 하지 않겠다.

"단장님! 다른 방법은 없나요?!"

"내가 알겠냐! 스스로 생각해!"

"그렇겠죠!"

아니, 설령 알고 있더라도 이 사람은 내가 스스로 눈치채도록 하겠지.

싸움은 여전히 계속되고 있었다.

대체 얼마나 얻어맞고 땅에 처박혔는지 알 수 없을 만큼 흠씬 두들겨 맞았다.

하지만 아직도 나는 쌩쌩했다.

여분의 피가 빠져서 그런지 굉장히 상쾌해진 머리로 새로운 가능성을 모색했다.

스크롤은 한 번 쓸 것밖에 없다.

우리가 살던 세계의 정보가 사라지기까지 아직 조금 시간이 있다.

그 전에 나는 원래 살던 세계나 지금 있는 세계 중 하나를 택해야 한다.

이 조건 속에 뭔가 실마리가 있을 터다.

"생각할 여유가 있나 보지?"

"윽?!"

로즈가 내 멱살을 잡았다.

"그럼 내가 도와주마!"

멱살이 당겨지고 강렬한 박치기를 먹었다.

시야가 명멸하며 별이 반짝였다.

로즈가 멱살을 놓자 몸이 비틀거리며 뒤로 자빠지려고 했다.

그때, 어떤 생각이 별똥별처럼 머릿속에 떠올랐다.

"……그런가."

정말 박치기를 받은 충격으로 생각이 번뜩인 건지는 모르겠다.

하지만 그렇게 떠오른 생각은 새로운 선택지를 만들어 낼 가능성을 간직하고 있었다.

"하, 하하하하하! 그런가, 아아, 젠장! 나는 바보인가!"

이마에서 흐르는 피도 신경 쓰이지 않을 만큼 흥분한 나는 솟구치는 환희의 충동을 따라 외쳤다.

『마, 마침내 이상해졌어…….』

『우, 우사토 씨…….』

네아와 키이라에게 오해받은 것 같지만, 끌어안고 있던 고민을 해결할 수 있을지도 모르는 실마리를 마침내 찾았다.

어떻게 웃지 않을 수 있겠는가.

"감사합니다. 단장님."

"보아하니 찾은 것 같군."

"네. 살짝 도움을 청하려고 해요."

"……크, 하하하! 과연, 그런 건가!"

"무모하다고 생각하시나요?"

"아니, 재미있어. 해 봐. 나도 도와주지."

이 사람이 보증한다면 더더욱 해 볼 가치가 있겠네.

"그럼 여기서 끝낼 건가?"

새로운 선택지가 보이기 시작했으니 이 이상은 계속할 의미도 없고, 여기서 끝내야겠지만―.

"이렇게 어중간하게 끝낼 리가 없잖아요. 단장님을 한 대 후려치고 나서 기분 좋게 끝내겠어요."

이렇게 끝내는 건 우리답지 않다.

로즈도 내가 그렇게 말할 줄 알았다는 듯 웃고서 다시 주먹을 들었다.

"역시 너를 찾은 건 행운이었어."

"단장님이 찾아 주셨기에 저는 여기까지 성장할 수 있었어요."

그렇게 말하고 땅을 박찼다.

구명단의 단장, 로즈.

내가 존경하는 사람이자 처음부터 끝까지 내게 길을 보여 준 스승을 향해 나는 한 번 더 주먹을 치켜들었다.

제6부 지금까지 걸어온 길과 미래에의 희망

눈을 뜨자 익숙한 천장이 보였다.

멍한 머리로 천천히 눈앞의 풍경을 파악하며 기억을 일깨웠다.

……그랬지, 나는 로즈와 주먹다짐을 벌였다.

그리고 마지막에 아주 멋진 일격을 맞고 나무 몇 그루를 넘어뜨리며 핀볼처럼 격돌하여 그대로 기절해 버렸다.

"나도 아직 훈련이 부족하구나."

"여전하네, 우사토."

"......?!"

혼잣말에 대답이 돌아와서 깜짝 놀라 일어나니 내가 누워 있던 침대 옆에 의자를 놓고 앉아 있는 아마코가 있었다.

"아마코, 어째서 여기에?"

"우사토와 로즈 씨가 폭력 사건을 일으켰다는 소식을 듣고 왔어."

"평범한 주먹다짐인데 사건 취급이야......?"

대체 우릴 어떻게 생각하는 거야......

심지어 정보 전달이 너무 빠르지 않아?

"또 로즈 씨랑 싸웠구나."

"그럴 필요가 있었으니까."

"어떤 이유가 있으면 치고받고 싸울 필요가 생기는 거야......?"

아마코가 조금 어이없어하며 고개를 갸웃했지만, 내가 나다워지기 위해 필요했다고 말할 수밖에 없었다.

결국 로즈의 박치기로 새로운 선택지를 만들 실마리를 찾을 수 있었고.

......나는 무슨 망가진 텔레비전인가?

얻어맞고 번뜩이다니 평범하진 않다.

"네아도 화냈어."

"하하하, 네아한테는 항상 걱정만 끼치네."

옆에서 내 행동을 보고 있으면 조마조마하겠지.

나중에 사과해야겠다.

"키이라는 사색이 되어서 우사토와 거리를 두려고 하더라."

"키이라는 어디 있어? 사정을 설명해야……."

"너무 필사적이라 기분 나빠."

"큭! 내 믿음직한 부단장상이……!"

"그런 건 진작에 무너졌을걸."

이 꼬마 여우가 뭐라는 거야.

나한테도 단장님 같은 위엄 정도는 있다. ……아마도.

"그래서, 이제 고민은 없어졌어?"

"……!"

나도 모르게 아마코를 보았다.

핵심을 찌르는 말에 나는 고개를 끄덕였다.

"그래, 이제 괜찮아."

"……그렇구나."

그리고 침묵이 이어졌다.

아마코가 그 이상 묻지 않는 것은 내가 뭘 하려는지 예지마법으로 알았기 때문일까.

"……있지, 우사토. 추억담 나눌까."

"추억담?"

"응."

아마코는 자세를 바로 하고 나를 보았다.

"처음 만났을 때 기억나?"

"그래. 거리에서 네가 미래를 보여 줬었지."

"후후, 빈말로도 좋은 추억이라고는 할 수 없지만."

그렇게 보여 준 게 선배와 카즈키가 죽어 버린 광경이었으니까.

결과적으로 그 예지를 봐서 다행이라고 생각하지만, 당시에는 살짝 트라우마가 됐었다.

"그리고 여행을 떠났지. 루크비스에서 나크를 훈련시키고, 여행 중에 들른 마을에서 엄청난 일을 겪고……."

"사룡과 싸웠을 때는 나도 진짜 죽는 줄 알았어."

"실제로 죽을 뻔했잖아. 건물에 세게 내동댕이쳐졌었어."

"그건 아팠어."

"아팠다는 말로 넘어갈 수 있는 건 진짜 이상한데."

그때의 사건을 통해 네아라는 믿을 수 있는 동료를 얻게 되었다.

지금까지 싸우면서 네아에게는 정말로 많은 도움을 받았다.

"사마리알에서는 우사토가 어느새 친밀한 여자를 만들었어."

"누가 들으면 오해할 소리 하지 마!"

"하지만 나로서는 그렇게 말할 수밖에 없는걸."

사마리알에서는 나와 동료들이 따로 행동하는 특수한 상황이 됐었다.

사마리알 왕국의 왕녀, 에바를 침식하던 저주에 대처하면서 네아에게 도움을 받았고, 떨어져 있었던 아마코와 아르크 씨에게도 상당한 도움을 받았다.

"미아라크는 처음부터 끝까지 놀라움의 연속이었던 것 같아."

"응. 폭주한 카론 씨와 우사토가 싸우고, 파르가 님과도 만나고 말이지."

"하지만 그 싸움이 있었기에 레오나 씨는 용사의 길을 걷게 됐고, 나도 싸움을 보조해 주는 건틀릿을 손에 넣을 수 있었어."

"그때도 죽을 뻔했지."

"물속은 역시 괴로웠어."

카론 씨가 호수로 끌고 들어가서 위기에 빠졌던 나를 아마코와 블루링이 도와주지 않았다면 어떻게 됐을지 알 수 없다.

나는 항상 누군가에게 도움을 받았다는 것을 새삼 통감했다.

"그리고 내 고향, 수인의 나라 히노모토."

"여행의 종착점이자 너의 목적지이기도 했지."

아마코의 엄마를 구하는 것.

아마코의 소원을 들어주기 위해 갔던 수인의 나라에서도 여러 사람과 만났다.

아마코의 친구인 린카, 린카가 살던 마을의 사람들.

그리고 린카의 아버지인 하야테 씨.

하지만 만난 사람 모두가 좋은 사람이진 않았다.

아마코의 엄마인 카노코 씨를 이용하던 히노모토의 족장 진야 씨처럼 몹쓸 짓을 하는 사람도 있었다.

"그때 나는 진야에게 잡혀 있었지만 전혀 무섭지 않았어."

"그랬어?"

"네아도 있었고, 무엇보다 우사토가 구해 주러 오리라는 걸 알았으니까."

올곧은 신뢰에 낯간지러운 기분이 들었다.

쑥스러워서 괜히 뺨을 긁적이며 당시를 떠올렸다.

"하지만 코가와 싸운 것도 그때였지."

"맞아. 처음 만났을 때는 되게 귀찮을 것 같은 사람이라고 생각했어."

"아니, 실제로 그 녀석은 지금도 귀찮아."

"그, 그렇구나……."

"뭐, 적이라고는 해도 그렇게 나쁜 녀석이 아니라는 건 대충 알았지만."

지금 코가는 싸울 의욕은 있으나 자신의 입장을 우선하고 있는 것 같았다.

그만큼 마왕군에 인재가 부족한 것이겠지만, 그 녀석도 나름대로 마족을 위해 움직이려는 걸지도 모른다.

"……엄마가 깨어난 것도 모두가 도와준 덕분이야."

"긴 여정이었지만 카노코 씨가 깨어나서 정말 다행이야. 하지만 카노코 씨가 꽤 장난기 많은 성격인 건 의외였어."

"그건 말하지 말아 줘……."

카노코 씨가 깨어난 이후를 떠올렸는지 아마코는 뺨을 붉히며 머리를 싸맸다.

몇 초 후 차분함을 되찾은 아마코가 크흠 헛기침했다.

"일수만 보면 우리의 여행은 짧았어."

"그렇지."

약 석 달간의 여행이었다.

하지만 우리에게는 아주 길고 즐거운 여행이었다.

어려움도 있었고 힘든 일도 겪었지만, 그렇게 단언할 수 있을 만큼 충실한 나날을 보냈다.

"그 짧은 기간에 여러 경험을 할 수 있었고, 우사토는 몇 번이나 엉뚱한 행동을 했었지?"

"거기서 동의를 구해도 곤란한데."

왜 내가 그걸 인정해야 해.

"우사토는 이상한 행동을 하거나 새벽부터 혼자 훈련하며 소란을 피우는 등 무모한 짓도 많이 했지만……."

"어? 혹시 꽤 불만이었어? 방금 충격적인 사실을 들었는데."

내 말을 무시한 아마코는 부드럽게 웃었다.

"그래도 즐거웠어."

"아마코……."

"우사토와 만나서 정말 다행이야. 진심으로 그렇게 생각해."

아마코의 말을 기쁘게 여김과 동시에 쓸쓸한 심경이 되었다.

이 이야기의 흐름.

그리고 여러 가지를 깨달은 듯한 아마코의 표정…….

"아마코, 기분 탓일지도 모르지만, 다시는 못 만날 사람의 작별 인사처럼 들리는데……."

"어? 아니야. 그런 의도는 없어."

아닌 거냐.

어리둥절해하는 아마코를 보고 삐끗 넘어질 뻔했다.

"그럼 왜 갑자기 추억담을 꺼낸 거야? 살짝 숙연해졌잖아."

"좋은 기회니까 얘기하자고 생각했을 뿐이야. 이래저래 이런 얘기는 한 적이 없잖아?"

"아~ 그러네."

여행에서 돌아온 뒤로도 루크비스에 회담하러 가고 마왕군과의 전쟁이 시작돼서 아마코와 느긋하게 이야기할 기회가 없었다.

"그리고…… 미래를 봤기 때문이려나."

"예지를 봤어?"

"응."

아마코가 고개를 끄덕였다.

예지를 봤다는 건 꿈 같은 느낌의 예지를 봤다는 건가.

"어떤 예지를 봤어?"

"……음."

아마코는 내 질문에 답하지 않고 말없이 손을 내밀었다.

일순 무슨 뜻인지 이해하지 못했지만, 아까 아마코와 추억담을 나눴기 때문인지 손을 내민 이유에 생각이 미쳤다.

"아, 그렇구나. 즉, 네가 본 예지는…… 그런 거구나?"

"—보인 건 당신뿐."

그렇게 말하고 아마코가 웃었다.

처음 만났을 때와 똑같은 말.

아마코가 보는 예지마법에는 특수한 것이 있었다.

다른 사람에게 예지를 보여 주고 선택을 촉구하는 특별한 것이었다.

"이건 우사토가 고를 수 있는 미래야."

"……역시 너한테는 못 당하겠어."

그때는 아마코 쪽에서 손을 잡았다.

하지만 이번에는 내가 답할 차례였다.

내 손이 아마코의 손에 닿은 순간— 그리운 감각과 함께 아마코가 본 예지의 영상이 내 머릿속으로 흘러들었다.

그렇게 보인 미래는 당연히 본 적 없는 광경이었다.

몇 초 후, 미래를 다 본 나는 힘이 빠져 이쪽으로 쓰러진 아마코를 부축하고 치유마법을 걸었다.

"아마코, 괜찮아?"

"응. 조금 몸이 나른하고 머리가 아플 뿐이야……."

이전에도 똑같은 일을 하고 드러누웠다고 들었기에 교대하는 형태로 아마코를 침대에 눕혔다.

이번에는 내가 의자에 앉아서 다시 치유마법을 걸었다.

"아마코, 지금 본 건 결정된 미래야?"

그렇게 묻자 아마코는 나를 올려다보았다.

치유마법으로 많이 좋아졌는지 웃으며 고개를 끄덕였다.

"우사토가 지금부터 하려는 일을 안 한다면 실현되지 않아."

"하하하. 그거참 책임이 막중하네."

"응. 우사토가 이제부터 애써 줘야 해."

조금 전에 본 미래.

그걸 현실로 만들려면 남은 시간 동안 노력해야 했다.

엄청나게 힘들겠지만, 내 생각은 틀리지 않았다는 뜻이기도 했다.

그렇다면 의욕은 얼마든지 샘솟는다.

"알려 줘서 고마워. 아마코."

"천만에. 나도 이 미래를 봤을 때 기뻤는걸."

머리에 얹은 내 손에 자신의 손을 포갠 아마코는 안도한 듯 한숨을 쉬었다.

"예지를 보기 전에는 어쩌면 좋을지 알 수 없어서 불안했어."

"나한테 뭐라고 말하면 좋을지 알 수 없어서?"

"응. 하지만 결국 우사토는 누구도 예상하지 못한 형태로 나아간다는 걸 알고……. 엄청나게 고민한 내가 바보 같다는 생각이 들더라."

"하하하."

쓴웃음을 지으며 치유마법을 걸던 손을 머리에서 뗐다.

"나한테는 이제부터가 중요해."

"응, 알고 있어. 내가 할 수 있는 일이 있다면 뭐든 도울게."

"그래, 고마워."

로즈와의 주먹다짐과 아마코와의 대화를 통해 내 안에서 망설임은 사라졌다.

이제는 내가 해야 할 일을―.

"그러고 보니."

"응?"

"얼마 전에 스즈네랑 만났을 때 묘하게 거동이 수상했는데, 스즈네랑 무슨 일 있었어?"

"음? 아아……."

나는 선배가 내 선택을 따르겠다고 한 것을 가르쳐 줬다.

"흐응……."

왠지 아마코의 눈이 날카로워진 것 같았다.

아, 이런.

선배가 말하지 말라고 했는데 무심코 말해 버렸다.

"자세한 이야기는 나중에 스즈네한테 반드시, 확실하게, 수단 가리지 않고 들을게."

"으, 응……."

이유는 모르겠지만 선배에게 불운이 닥칠 것 같은 예감이 든다…….

뭐, 선배라면 아마코에게 추궁당해도 분명 기뻐할 테고, 괜찮겠지.

"……미래라."

아마코가 보여 준 미래는 선택할 수 있는 미래다.

내 행동에 따라 다른 미래로 바뀔지도 모른다.

"운명은 내 손에…… 아니, 우리 손에 달려 있나."

그 미래를 위해 나는 이제부터 많은 사람에게 도움을 구하게 될 것이다.

아마 민폐도 많이 끼칠 것이다.

그래도 나는 여태껏 내가 하지 못했던 『다른 사람을 의지하는 것』을 전력으로 해 보려고 한다.

내가 바라는 가장 좋은 미래를 위해.

✿제10화 새로운 선택지를 위해! 대화할 때!!

단원들과 대화를 나누고 일주일이 지났다.

여러 가지로 결심한 나는 로즈의 도움을 받아 성에 있는 로이드 님과 이야기하기로 했다.

이제부터 내가 하려는 일은 이것저것 허락을 받지 않으면 커다란 문제가 될 수도 있기 때문이다.

로이드 님의 허락은 받았지만 그런대로 시간이 걸리는 모양이라 나는 평소처럼 구명단에서 일상을 보냈다.

저번에 호소한 후 페름은 내 얼굴을 볼 때마다 그때를 떠올리고 부끄러워했지만, 그것도 금세 익숙해졌는지 사흘 정도 지나자 평소 모습으로 돌아왔다.

그런 일상에 한 가지 변화가 일어나려고 했다.

"으으으으……!"

"집중하는 거야, 키이라!"

훈련장 한복판에서 키이라가 자신의 마법과 마주하며 낑낑대고 있었다.

키이라는 지금까지 전혀 자기 뜻대로 움직이지 못했던 어둠마법을 조금씩이긴 하지만 정복하고 있었다.

"억지로 조종하려고 하지 마. 어디까지나 자신의 일부로 받아들이는 게 중요하니까."

"네에에……."

내 옆에 서 있는 페름의 지시에 키이라가 고개를 끄덕였다.

발밑의 그림자에서 떠오른 검은 마력은 마치 키이라의 명령을 기다리듯 가만히 대기하고 있었다.

어둠마법을 잘 모르는 내가 보기에도 고지가 코앞이었다.

"너는 나, 나는 너. 그러니까 너와 나의 마음은 같아……."

키이라가 뭐라 뭐라 중얼거리면서 어둠마법과 마주하고 있는데, 뭔가 위험한 존재와 거래하고 있는 것처럼 보였다.

그 광경에 나는 팔짱을 끼고 조용히 지켜보고 있는 페름을 보았다.

"페름, 이거 위험하지 않아?"

"응, 위험해."

"안 말려도 돼?"

"좀 더 기다려 봐. 최악의 경우에는 네가 막으면 되니까."

결국 내가 하는 거냐.

나야 문제없지만, 키이라에게 뭔가 부담이 갈지도 몰라서 걱정됐다.

"나는 내 마음과 마주하기로 했어. 지금까지 너를 싫어했지만…… 없어지면 좋겠다고 생각했지만, 그건 틀린 생각이었어."

키이라의 중얼거림은 계속됐다.

작게 속삭이듯 말하던 목소리는 어느새 나와 페름에게 들릴 만큼 또렷해졌다.

"여기서 여러 사람과 만났어. 나와 똑같은 어둠마법사 페름 씨, 인간 모습을 한 마물 네아 씨……."

키이라는 천천히 단원들의 이름을 말했다.

키이라가 구명단 생활을 좋은 추억으로 기억하고 있어서 안심했다.

"우사토 씨는 미지의 결정체 같은 사람이라…… 매일 놀람의 연속이었어."

"미지의 결정체……?"

"품!"

옆에서 페름이 웃음을 터뜨렸기에 나중에 복수하자고 속으로 맹세했다.

내가 그렇게 이상한 행동만 했던가……?

말투가 미확인 생물을 대하는 느낌과 비슷한데.

"너무 어렵게 생각했던 거야. 하지만 이제부터는 달라."

거기서 일단 말을 끊은 키이라는 작게 심호흡했다.

"너는 나의 하나뿐인 일부야."

그렇게 말한 순간, 키이라의 발밑에서 일렁이던 검은 마력이 움직이기 시작했다.

키이라의 몸을 뒤에서 덮듯 전개된 검은 마력은 크게 꿀렁거리며 형태를 바꿔 나갔다.

마력이 몸을 에워싸도 키이라는 눈을 감은 채 차분했다.

변화가 끝나고 검은 마력의 형태가 확정되었다.

"이게, 나의 마법……?"

키이라의 어둠마법은 페름이나 코가처럼 전신을 덮는 타입이 아니라 망토 같은 형상이었다.

머리를 푹 덮는 후드와 온몸을 가릴 수 있을 만큼 긴 망토.

빙그르르 돌아 자신의 모습을 확인하고 눈이 휘둥그레진 키이라는 기쁘게 웃으며 나를 보았다.

"해, 해냈어요!"

그 자리에서 폴짝폴짝 뛰며 나이에 걸맞게 기뻐하는 키이라를 보니 흐뭇해졌다.

지금까지 콤플렉스였던 어둠마법과 마주했다.

이 아이의 나이를 생각하면 정말 굉장한 일이었다.

나크 때도 생각했지만, 내가 비슷한 나이였다면 이와 같은 일은 도저히 못 했을 것이다.

"⋯⋯응?"

폴짝폴짝 뛰고 있는 키이라의 몸이 왠지 점점 떠오르는 것 같은데?

점점 비정상적인 점프력이 되어서 잘못 봤나 싶어 눈을 비볐지만, 키이라가 3미터 넘게 수직으로 뛴 것을 보고 정신이 번쩍 들었다.

"페름, 이상 사태야!"

"어, 얼른 받아!"

페름도 이상을 알아차리고 내게 받으라고 했다.

허둥지둥 키이라가 착지할 곳으로 달려가서 받으려고 했지만, 공중에 떠오른 키이라는 그대로 정지해 있었다.

"⋯⋯어? 헉, 어, 어째서 저는 떠 있는 거죠?!"

"그걸 이제 알았어?!"

"어, 어떡해요?!"

본인도 기쁜 나머지 날고 있는 줄 몰랐던 것 같다.

키이라가 당황하자 망토 형태가 되었던 어둠마법의 형태가 크게 무너지며 그대로 땅을 향해 곤두박질쳤다.

"꺄악—!"

"괜찮아!"

바로 떨어진 키이라를 받았다.

다행이다. 다치진 않았다.

역시 어둠마법은 페름의 『동화』나 코가의 『짐승』처럼 뭔가 고유한 능력이 있는 건가.

어둠마법을 정복한다는 과제는 클리어했지만, 이제부터는 각성한 능력을 제어하는 훈련을 해야 할 것 같다.

"우, 우사토 씨……!"

"아, 미안."

안고 있던 키이라를 땅에 내려 주려고 했다.

"다, 다다다, 다시 한번 해 볼게요!"

"아니, 무리하지 않는 게—."

"무웅!"

귀여운 기합 소리와 함께 키이라가 안긴 채로 마법을 발동시켰다.

내 품에 떨어진 키이라의 그림자에서 어둠마법의 마력이 흘러나와 몸을 덮는 망토 형태로 변했다.

……어째선지 키이라가 아니라 내 몸을 덮었지만.

"……아니, 어째서?"

엉뚱한 사람에게 장착되어 곤혹스러워할 수밖에 없었다.

"죄, 죄죄죄, 죄송해요! 제 어둠마법이 멋대로! 나중에 제대로 야단칠게요!"

"마치 애완동물이 실수한 것 같은 대응이네……."

"아무튼 지금 해제할게요!"

키이라의 말대로 어둠마법으로 만들어진 옷이 사라졌다.

일단 키이라를 땅에 내려 주자 불퉁한 눈으로 나를 노려보던 페름이 달려오더니—.

"흥!"

어째선지 내 정강이를 힘껏 걷어차고서 천연덕스러운 얼굴로 키이라를 보았다.

"페, 페름 씨……."

"화나지 않았어. 아직 익숙하지 않으니까 당연해. 천천히 자기 것으로 만들자."

"……네!"

"오늘 훈련은 이걸로 끝이야. 먼저 숙소로 돌아가도 돼."

나랑은 전혀 다른 이 대응은 뭐지.

그보다 나는 왜 걷어차인 거야?

훈련장에서 나가는 키이라를 지켜본 페름은 어깨에서 힘을 빼고 나를 돌아보았다.

"키이라의 어둠마법은 하늘을 나는 종류네."

"뭐, 그렇겠지."

"어둠마법의 능력은 감정에 좌우돼. 내 『반전』이 『동화』로 바뀐 것처럼 말이야."

하늘을 날게 된 것은 어둠마법에 키이라의 감정……이라기보다 키이라의 소원이 반영된 건가.

"저 아이의 능력은 떨어져 지내게 된 가족을 만나고 싶다는 소원에서 생겨났다는 거야?"

"아마 그럴 거야. 다른 능력이 또 있을지도 모르지만, 연습을 거듭하면 잘 다루게 되겠지."

하늘을 날 수 있는 능력인가.

자유자재로 날 수 있다면 무척 즐거울 것 같다.

나는 아무리 단련해도 하늘을 날 수 없기에 키이라의 능력이 조금 부러웠다.

"그럼 키이라의 마법은 왜 나한테 붙은 거야?"

"……."

문득 떠오른 의문을 던지자 페름이 고개를 팽 돌렸다.

"너는 이유를 아는 거지?"

"그, 그보다 너, 성에 가야 한다고 하지 않았어?"

"응? 그렇긴 한데……."

성에서 미리 불렀기에 가기 전에 키이라의 훈련 성과를 본 것이었다.

"그럼 얼른 가. 중요한 일이잖아?"

"어물쩍 넘어가려는 것 같기도 하지만…… 뭐, 그렇지."

중요한 일인 것은 틀림없고, 이대로 성에 갈까.

그런데 왜 키이라의 마법이 나한테 붙었을까.

가까운 사람을 지키고 싶다는 감정 때문에?

마음씨 착한 그 아이라면 그럴 수도 있겠다. 응.

"그럼 뒷일은 부탁할게."

"그래."

그 자리에서 페름과 헤어져 성으로 향했다.

나도 마음을 다잡고 마주해야 한다.

"중요한 국면이야."

그렇게 중얼거리고 단복의 매무새를 가다듬은 나는 성으로 가는
길을 똑바로 나아갔다.

***

성에 도착한 나는 먼저 선배와 카즈키랑 합류했다.

두 사람에게는 미리 내 생각을 이야기하고 동의도 얻었기에 이제
행동으로 옮기기만 하면 됐다.

"솔직히 어떻게 될지 모르겠지만 방법이 있다면 시도하고 싶어.
역시 불안하긴 하지만."

"하하하, 그 마음도 이해해."

로이드 님이 계신 곳으로 가는 길에 카즈키가 그렇게 중얼거려서 고개를 끄덕였다.

"하지만 하기로 했으니 힘내겠어. 아무튼 우리의 미래를 크게 좌우할 일이니까."

"후후후."

그렇게 말한 나를 보고 어째선지 선배가 기쁜 듯이 웃었다.

그런 선배를 의아하게 보았다.

"왜 웃어요? 화낼 거예요."

"우사토 군, 내게 스스럼이 없어지지 않았니?"

"한참 전부터 없었던 것 같은데요."

"……후후, 확실히 어느새 이런 느낌이었지."

그러는 사이에 그레이트 홀의 문에 도착했다.

안에 들어가니 이미 로이드 님이 계셨다.

"오오, 왔는가. 우사토."

"무리한 부탁을 드려서 죄송해요."

"놀라기는 했지만 다름 아닌 자네의 부탁이니 당연히 들어줘야지."

정말로 로이드 님에게는 고개를 들 수가 없다.

부탁이라고 하기에는 너무 위험한 내용일 텐데 싫은 기색도 전혀 없이 오히려 솔선해서 이루어 주려고 했다.

"이야기할 준비는 되어 있네. 자네만 오면 돼."

"네."

나는 고개를 끄덕이고서 홀에 설치된 분수대로 다가갔다.

마술 통신 도구가 된 분수의 물이 파문과 함께 떠오르며 거울을 만들었다.

거기에 파르가 님의 모습이 나타났다.

근처에 노른 님도 보였다.

『왔는가, 우사토.』

"네."

『나도 이 상황은 예상하지 못했다.』

파르가 님이 어이없어하며 말했다.

"파르가 님, 그 사람과 연락은 될 것 같나요?"

『그래, 내 마술의 중계 역할을 맡는다면 당장이라도 연결할 수 있을 것이다.』

"그런가요……."

『그러나 정말 괜찮겠는가?』

확인하는 말을 듣고 얼굴을 들었다.

『매우 성가신 상대다. 녀석이 무슨 생각을 하는지는 나조차 이해할 수 없다.』

"제대로 얘기해야 하니까요."

뒤에 있는 선배와 카즈키를 보고 나서 다시 앞으로 고개를 돌렸다.

"그리고 그 사람을 아는 건 아주 중요한 일이라고 생각해요."

이번에는 지켜보고 있는 로이드 님에게 시선을 보냈다.

이분의 이상을 실현하려면 절대 피해 갈 수 없는 일이다.

『배신당하기라도 하면 어쩔 것이지?』

"그때 가서 생각해야죠. 그 사람이 그런 번거로운 짓을 할 것 같지도 않고요."

그렇게 분명히 말하자 파르가 님은 유쾌하다는 듯 입꼬리를 올렸다.

『너는 사람을 너무 믿는 구석이 있지만, 그것 또한 미덕이겠지.』

"그냥 호구라서 그래요. 다른 사람들한테도 착해 빠졌다는 말을 자주 듣고요."

그만큼 쉽게 속는 것도 사실이었다.

실제로 여러 번 속았다.

『그렇다면 적어도 나는 의심하기로 하지. ……그럼 연결하겠다.』

수경 속 파르가 님이 눈을 감자 옆에 새로운 거울이 만들어졌다.

거기에 나타난 것은 어둑한 경치와 그 한가운데에 있는 옥좌에 앉은 남자의 모습이었다.

『이 가능성을 생각하지 않은 건 아니었지만…… 역시 너는 예상을 뛰어넘는 행동을 하는군, 우사토.』

긴 은발과 커다란 뿔.

예전만큼 위압감은 없지만 그래도 한눈에 알 수 있는 카리스마를 가진 마족 남성— 마왕이 흥미롭다는 얼굴로 웃으며 나를 보고 있었다.

"오랜만이에요."

『그래, 설마 이런 형태로 너와 이야기하게 될 줄은 몰랐다.』

유쾌해 보이는 마왕을 보고 나도 모르게 긴장하고 말았다.

"응?"

자세히 보니 마왕 혼자 있는 게 아니었다. 시녀 같은 복장을 한 마족 여성이 마왕 옆에 서 있었다.

거울 너머로 힐끔힐끔 나를 보고 있는 여성에게 마왕이 선뜻 말했다.

『봐라, 시엘. 녀석이 우사토다.』

『……어? 제, 제가 말해도 되는 건가요?! 중요한 이야기 아닌가요?!』

『상관없다. 내가 허락한다.』

으음, 나는 내버려 두고서 자기들끼리 이야기하기 시작했는데요……?

"마족 메이드를 거느리고 있다니……?! 훗, 역시 마왕이야."

"선배는 입 좀 다물고 있어요."

뒤에서 선배가 폭주하려고 했기에 견제해 뒀다.

다시 앞을 보니 마왕과 시엘이라는 시녀가 여전히 이야기 중이었다.

『보기에는 평범한 인간인 것 같은데요…….』

『겉만 보고 판단하지 않는 게 좋아. 나는 저것의 주먹에 패배했으니까.』

『우와…….』

시엘 씨가 괴물을 보는 듯한 시선을 보냈다.

왜 나는 마왕에게 이런 말을 들어야 하는 걸까.

나도 당신한테 꽤 당했었잖아요?

『봐라. 우사토가 이쪽을 노려보고 있다.』

『힉?!』

나도 모르게 눈에 힘이 들어가 버렸다.

가볍게 심호흡하여 기분을 진정시켰다.

"으음, 마왕, 님……?"

『경칭을 붙일 필요는 없다. 이름 따위 먼 옛날에 버렸으니. 무엇보다 너희가 그렇게 부르는 건 기분이 나빠.』

입장을 생각하면 경칭을 붙여야 할 것 같았지만 위화감이 엄청났기에, 평범하게 부를 수 있어서 내심 안도했다.

"그럼 마왕이라고 할게요."

『그래라.』

나는 머릿속으로 할 말을 정리하고 나서 본론에 들어갔다.

"이야기는 들었나요?"

『아니, 일부러 듣지 않았다. 너에게 직접 듣고 싶었거든.』

"알겠습니다."

물론 나도 그럴 생각이었다.

"당신이 준 스크롤에는 제한 시간이 있었어요."

『그렇겠지. 너희 몸에 남은 다른 세계의 정보는 몇 달 못 가 사라질 테니까.』

역시 마왕은 우리가 원래 세계로 돌아갈 수 있는 기한도 알고 있었나.

"우리에게 주어진 선택지는 원래 세계로 돌아가는가, 이 세계에 남는가, 두 가지뿐⋯⋯."

『흠.』

"하지만 그런 양자택일은 하고 싶지 않아요. 그래서 저는 새로운 선택지를 만들고 싶어요."

여기서 더 말하면 이제 되돌릴 수 없다.

일단 말을 끊고 심호흡하여 마음을 가라앉혔다.

"마왕, 당신의 힘을 빌려주세요."

마왕은 수많은 마술을 터득했다.

긴 시간을 산 그라면 이 시대에서 사라진 기술도 재현할 수 있을지도 모른다.

마왕과 파르가 님의 지혜를 합치면 새로운 가능성이 열리지 않을까.

나는 그렇게 생각했다.

『제정신인가?』

마왕한테 제정신이냐는 말을 듣는 날이 올 줄은 몰랐다.

내 부탁에 마왕은 옥좌에 등을 기대고 생각에 잠겼다.

『흠, 적이었던 내 지혜를 바라는가. 파르가, 네가 일러 줬나?』

『웃기는 소리. 나는 오히려 말렸다. 네 앞에 있는 인간은 말린다고 해서 그만둘 자가 아니었을 뿐이다.』

『그런가. 그럼 이것도 우사토의 의견이란 거군⋯⋯.』

내가 생각한 방법은 마왕이 협력해 주는 게 전제였다.

여기서 마왕이 거절한다면 어쩔 도리가 없어진다.

뒤에서 선배와 카즈키가 마른침을 삼키며 지켜보고 있었다.

그리고 마왕이 입을 열었다.

『나는―.』

막간 마왕의 기대

파르가와 링글 왕국 측에서 갑작스럽게 대화를 요청했다.

목적은 알 수 없지만, 링글 왕국의 치유마법사 우사토가 내게 할 말이 있다고 했다.

내게 이긴 두 용사와 치유마법사.

그런 인간의 접촉에 나도 흥미를 느꼈다.

"마왕님, 저는 자리를 비키는 편이 좋지 않을까요?"

"아니, 그럴 필요 없다. 태평한 네가 있으면 분위기도 풀어지겠지."

"그, 그건 칭찬인가요……?"

시녀 시엘이 곤혹스러워하는 모습을 보며 옥좌에 등을 기댔다.

싸움은 끝을 맞이했으나 마족이란 종족은 이렇게 존속하고 있었다.

아직 많은 문제가 남아 있지만, 마족의 미래가 이전보다 밝아진 것은 분명했다.

"……너의 계획이 크게 빗나갔군, 히사고."

나는 이 시대를 살아가는 인간들에게 내리는 시련이었다.

인간들의 됨됨이가 과거와 전혀 다르지 않다면 나는 인간을 멸망시킨다.

그러나 인간들이 힘을 합쳐 단결한다면 나는 죽고 이 세계에 평화가 찾아온다.

녀석이 예상했던 미래는 분명 그런 것이었으리라.

"하지만 우사토와 용사들이 고른 답은 달랐어."

인간은 단결하여 우리와 싸웠고 승리했다.

하지만 나는 죽지 않았고 마족을 위해 살게 되었다.

마족을 죽이는 것이 숙명이었던 녀석은 할 수 없었던 일을 지금 시대의 용사들은 해냈다.

히사고의 예상을 뛰어넘었다고 해도 좋을 것이다.

"저기, 마왕님⋯⋯."

"뭐지?"

"그, 링글 왕국의 치유마법사는 어째서 마왕님과 이야기하려는 건가요?"

"글쎄."

"마왕님도 모르시나요?"

"녀석의 엉뚱한 사고방식을 이해하는 건 무리다. 적대했던 나를 치유마법으로 살린 녀석이야."

싸울 때도 치유마법사의 상식을 뒤엎는 엉뚱한 행동을 해서 나를 혼란에 빠뜨렸었다.

"마왕님이 주목하셨던 만큼 역시 이상한 사람이었군요⋯⋯. 어떻게 생겼을까요. 마왕님께 덤빌 정도니까 체격이 아주 좋겠죠."

시엘은 멋대로 상상하고 있는 것 같지만⋯⋯ 우사토를 봤을 때의 반응이 재미있을 것 같으니 조용히 있기로 하자.

"⋯⋯그래도 마왕님께서 돌아오셔서 정말 다행이에요."

"갑자기 뭐지?"

"그때 마왕님은 이제 이곳으로 돌아오지 않으시려는 것 같았거든요."

"그럴 작정이었지만. 이렇게 죽지 못하고 살아 있지."

모처럼 한 각오도 그 용사들 앞에서는 의미가 없었다.

내가 탄식하자 시엘은 미소 지었다.

"저는 당신께서 살기를 원했기에 기뻐요."

"……너는 정말로 별난 시녀야."

어느새 나도 정들어 버렸군.

그 순간, 눈앞에 준비된 마술용 물에 파문이 일었다.

아무래도 파르가와 링글 왕국의 준비가 끝난 듯했다.

"자, 그럼 어떤 요구를 해 올까……."

일찍이 적이었던 내게 일부러 접촉할 정도다.

그런대로 재미있는 일을 기대하고 있다, 우사토.

✿제11화 만들어 낸 가능성!!

성에서 마왕과 이야기하고 두 달이 지났다.

나는 지금 강기슭에 서 있었다.

떨어져 있는 언덕 위에는 링글 왕국에서 같이 온 커다란 마차와 여기까지 태워다 준 마부가 있었다.

"우사토, 저거 아니야?"

함께 온 아마코가 강 저편을 가리켰다.

아마코가 가리킨 곳을 보니 큰 배가 이쪽으로 오는 것이 보였다.

우리는 미아라크에서 오는 배를 기다리고 있었다.

"만나는 게 기대돼."

"그러게."

지금부터 만날 사람들은 내게 특별한 사람들이었다.

서신 전달 여행으로 알게 된 사람들이 링글 왕국에 와 준 것이다.

배에는 사마리알, 미아라크, 그리고 히노모토에서 온 사람들이 타고 있었다.

누가 오는지는 나도 제대로 듣지 못했기에 긴장되었다.

"과연 누가 올까⋯⋯!"

"왜 마른침을 삼키는 거야?"

"아마코, 여행하면서 만난 사람들을 떠올려 봐."

"……미안."

그러고 있는 사이에 닻이 내려지고 배에 계단이 걸렸다.

그 계단으로 승객들이 내려왔다.

"우사토 씨! 오랜만이에요!"

가장 먼저 튀어나온 사람은 사마리알 왕국의 왕녀, 에바.

파란 머리카락을 나부끼며 달려온 에바는 그대로 발이 걸려 넘어지며 내게 안겼다.

"으아?!"

"어이쿠…… 변함없이 위태위태하구나."

"에헤헤, 죄송해요."

쑥스러워하며 미소 짓는 에바를 땅에 내려 주자 새로운 사람이 배에서 내렸다.

"강적 등장이야, 레오나."

"시, 시끄러워!"

"레오나 씨! 그리고 카론 씨도!"

미아라크의 용사 레오나 씨, 폭주 상태로 싸웠던 카론 씨.

카론 씨가 올 줄은 몰랐기에 깜짝 놀랐다.

"건강해 보여서 다행이에요!"

"너도. 활약은 들었어."

카론 씨가 내 어깨를 툭툭 두드려 줬다.

웃으며 고개를 끄덕이고 레오나 씨를 보았다.

"레오나 씨도 와 주셔서 기뻐요."

"그, 그런가…… 그게, 나도…… 기뻐."

중얼거리듯 대답한 레오나 씨는 곧 퍼뜩 놀란 표정을 짓더니 뒤돌아보았다.

"맞아. 너희에게 보여 주고 싶은 사람이 있어."

"보여 주고 싶은 사람이요?"

"그래. 특히 아마코에게."

그대로 레오나 씨는 다시 배로 돌아갔다.

그리고 잠시 후, 누군가를 데리고 배에서 내렸다.

금색 머리에 난 귀.

아마코가 성장한 것 같은 수인 여성은 우리를 발견하고서 **뺨**에 손을 올리고 미소 지었다.

"아마코. 우사토 군. 오랜만이야."

"엄마?! 혼자 온 거야?!"

"응. 도중까지 하야테 군의 호위가 바래다줬고, 그 이후로는 레오나 씨에게 신세 졌어."

아마코는 엄마에게 달려가 그대로 안겼다.

카노코 씨도 자상하게 아마코를 끌어안았다.

"아마코. 너희 어머니는 굉장하더군. 잠시 눈을 떼면 배 안에서도 모습을 감춰."

"이딴 엄마라 죄송합니다."

"어라? 나 엄마인데 **이딴 엄마** 소리를 들은 거야?"

뺨에 손을 얹고서 고개를 갸웃하는 카노코 씨를 아마코가 어이

없다는 눈으로 올려다보았다.

나는 모녀의 그런 정다운(?) 모습을 어느새 옆에 있는 에바와 함께 지켜보았다.

"아름다운 가족애야. 우사토."

"그러게요, 루카스 님…… 응?!"

그리고 역시나 어느새 단출한 복장을 한 루카스 님이 내 옆에 있었다.

"일국의 왕이니까 간단히 나라를 떠나지 말아 주세요……."

"너와 나 사이에 그 무슨 섭섭한 소리야. 아버님이라고 불러도 돼."

"루카스 님처럼 댄디한 아버지를 둔 적 없습니다."

내 대답에 기분이 좋아진 루카스 님은 에바와 내 어깨에 손을 얹고 쾌활하게 웃었다.

"잠시 헤어질 거잖아? 그럼 당연히 친구를 배웅해야 하지 않겠어?"

"……"

그랬다. 나는 원래 세계로 돌아간다.

마왕의 승낙을 얻지 못했기 때문은 아니었다.

오히려 우리는 마왕의 협력을 얻어 냈다.

그러면서 생겨난 새로운 선택지를 위해 원래 세계로 돌아간다는 과정이 필요했다.

＊＊＊

『—나는 너희에게 협력하겠다.』

마왕의 대답은 생각보다 간단히 나왔다.

좀 더 고민할 줄 알았는데 잠깐 생각하고 답을 내서 파르가 님조차 놀란 표정을 지었다.

『마왕. 설마 뭔가 꿍꿍이가 있는 건 아니겠지?』

『그런다고 무슨 득을 보겠어. 우리 마족의 신용만 떨어질 뿐이잖아?』

마왕의 도발적인 말에 파르가 님은 약간 짜증이 난 것 같았다.

둘 다 이 세계에서 손꼽히는 힘을 가진 존재라 거울 너머에 있는 나까지 긴장되었다.

"이쪽에서 부탁해 놓고 실례인 줄은 알지만, 왜 협력해 주려는 건가요……?"

『흠, 이유는 세 가지다.』

마왕이 그렇게 말하고 턱에 손을 올렸다.

『첫째, 타산적인 이유다.』

"타산이요?"

『알다시피 우리는 어려운 처지야. 너희에게 협력하는 자세를 보여서 좋은 인상을 주기 위함이다.』

어쩌지, 전혀 그렇게 안 보인다.

힐끔 보니 로이드 님은 쓴웃음을 짓고 있었다.

『둘째, 너희가 영원히 이 세계를 떠나면 재미없기 때문이다.』

""""응?""""

마왕의 말을 듣고 나와 선배와 카즈키는 나란히 얼빠진 목소리를 내고 말았다.

그런 우리의 반응을 즐기듯 마왕이 입술을 비틀었다.

『나를 죽이지 않고 치유마법을 걸어서 살려 보낸 녀석들이야. 그런 자들의 앞날을 내 눈으로 볼 수 없는 것은 아깝지 않은가.』

"제 앞날을 봐도 전혀 재미있지 않을 것 같은데요……."

『코가에게 들었다. 어둠마법사 아이에게 어둠마법을 가르친다지.』

마왕의 말을 들으니 신경을 건드리듯이 웃는 코가의 얼굴이 뇌리를 스쳤다.

그 자식, 다음에 만나면 패 버릴 거야.

침묵을 긍정이라고 판단했는지 마왕이 이어서 말했다.

『치유마법사 인간이 어둠마법사 마족에게 어둠마법을 가르친다. 그것만으로도 이미 재미있다고 생각한다만.』

"도, 동료 어둠마법사도 같이 가르치고 있고……."

"있지, 우사토 군. 아마 그것도 마왕에게는 재미있는 요소일걸?"

뒤에서 속삭인 선배의 지적은 타당했다.

어떻게 둘러대도 마왕에게는 재미있는 요소일 뿐일 것이다.

"큭, 역시 마왕이야……!"

『마왕님. 이 인간, 재미있는 사람 같은데요.』

『아까부터 그렇게 말하지 않았나.』

시녀 시엘 씨에게도 재미있는 사람으로 인정받고 말았다.

파르가 님과 노른 님도 어이없다는 시선을 보내고 있었다.

『셋째, 내가 이 자리에 있기 때문이다.』

"……? 그게 무슨 뜻이죠?"

『너희에게 지금의 나는 그야말로 이물질이다. 아니, 애초에 지금 이 상황은 본래 있을 수 없다고 단언해도 좋다. 왜냐하면 내가 살아서 이 자리에 있는 것 자체가 말도 안 되는 일이기 때문이다.』

"……!"

혹시 마왕이 하고 싶은 말은…….

『본래 그 전쟁에서 죽을 터였던 나를 다름 아닌 너희가 살렸지. 만약 내가 죽었다면 너희는 내게 협력을 구할 수도 없었고, 애초에 스크롤조차 손에 넣지 못했을 것이다.』

확실히 그 말이 맞았다.

만약 마왕을 죽였다면 지금 이 상황은 없었을 것이다.

『재미있는 이야기이지 않은가? 너희의 물러 터진 선택이 결과적으로 새로운 길을 열었다.』

"그래서 협력하겠다는 건가요……?"

『그래. 이해했나?』

"……네."

납득할 수 없는 부분도 일부 있었지만, 악의가 없다는 건 알았다.

어쨌든 안심하고 의지해도 될 것이다.

『이야기가 다른 길로 샜지만 본론으로 들어갈까.』

그 목소리를 듣고 나는 등을 곧게 폈다.

대체 마왕은 어떤 생각을 가지고 있는지, 이게 가장 궁금한 부분이었다.

『두 세계를 모두 택하겠다면 이 세계와 너희 세계를 오갈 수 있는 것이 이상적이겠지.』

"그렇죠. 어려운 이야기라는 건 알지만……."

『그래, 확실히 어려운 이야기다. 하지만 불가능하지는 않다.』

그렇게 마왕이 단언해서 나를 포함한 전원이 술렁거렸다.

『원래부터 이 세계에는 용사 소환이라는 다른 세계에 간섭하는 기술이 있었다. 설령 그 기술이 사라졌어도 전례가 있는 한 그 사실마저 뒤집히는 것은 아니야.』

『……흠. 인간이 다루는 기술에는 어둡지만 옳은 말이긴 하군.』

조금 불만스러워 보이기는 했으나 마왕의 말에 파르가 님이 동의했다.

파르가 님은 거울을 통해 마왕에게 말했다.

『너는 어떻게 생각하지?』

『음. 우선 너희가 원래 세계로 돌아가는 것이 첫 번째 조건이겠지.』

"……!"

아니, 끼어들고 싶어도 참자. 지금은 조용히 마왕의 이야기에 귀를 기울여야 한다.

『두 세계를 모두 택하기로 했는데 너희 몸에 새겨진 다른 세계의 정보가 사라져서야 의미가 없어. 그렇게 되면 원래 세계와의 연결 고리가 사라져 버리니까.』

"하지만 이 세계에 돌아오지 못한다면 그거야말로 의미가 없지 않나요?"

『나와 파르가의 지혜를 이용하여 용사 소환…… 아니, 이세계 소환 술식을 만들면 되겠지.』

간단히 말했지만 그런 일이 가능할까?

물론 마왕이 대단하다는 건 우리도 안다.

나는 환상 속에서 전성기의 마왕이 온갖 마술을 다루며 선대 용사 히사고 씨와 싸우는 광경을 보았다.

그런 마왕이라면 오히려 못 하는 일이 더 적을지도 모른다.

『나와 힘을 합치면 그것이 가능하다는 말인가?』

『아니, 나 혼자서도 가능해. 너는 무리겠지만.』

『뭐라?』

또 마왕이 파르가 님을 도발하고 있어……!

『마, 마왕님이 전에 없이 즐거워 보여요…….』

『이렇게 욱하는 파르가 님은 처음 봤어…….』

시엘 씨와 노른 씨도 놀란 목소리를 냈다.

『뭐, 그러려면 당연히 시간이 걸려. 술식을 처음부터 만들어 내는 것과 같으니까.』

"저희가 할 수 있는 일은 없나요?"

『없다.』

딱 잘라 단언했다.

당연히 그렇겠지만, 살짝 풀이 죽었다.

그러자 파르가 님이 우리에게 말했다.

『너희는 원래 세계로 돌아가기 전까지 시간을 뜻깊게 보내면 된다. 이 세계에 다시 돌아올 가능성이 있다고 생각하면 찾아올 작별도 비장해지지 않겠지.』

남은 나날을 뜻깊게, 인가.

우리가 할 수 있는 일이 아무것도 없다면 그렇게 보내 보자.

***

그 이후로는 다른 나라에 사는 사람들에게 편지를 쓰고 평소처럼 훈련하며 일상을 보냈다.

보낸 편지의 두 배쯤 되는 편지가 내게 왔을 때는 큰일이었지만, 그것이 이 세계에서 내가 얻은 인연의 증거라고 생각하니 기뻤다.

그리고 지금은 배를 타고 온 사람들과 함께 링글 왕국으로 가고 있지만······.

"······."

나와 같은 마차를 탄 사람은 아마코, 에바, 레오나 씨.

부루퉁한 아마코, 즐거워하는 에바, 안절부절못하는 레오나 씨가 있는 기묘한 공간에 던져진 나는 숨 막히는 분위기에 머리를 싸매고 말았다.

"왜 나는 이 마차에 타고 있는 거야······!"

그런대로 많은 사람이 와도 괜찮도록 대형 마차를 두 대 준비했다.

하지만 루카스 님의 호위 기사들은 배에 말을 싣고 와서 그 말을 타고 마차를 경호했기에 마차에 타는 사람은 생각보다 적었다.

그렇다면 다 같이 한 마차를 타고 가면 될 것 같았는데 어째선지 루카스 님, 카론 씨, 카노코 씨가 두 팀으로 나뉘어 마차를 타자는 영문 모를 제안을 했다.

"보통은 남녀로 나뉘어서 나랑 카노코 씨가 바뀌어야 하지 않아?"

"……구경꾼의 악의야, 우사토."

자포자기한 모습으로 아마코가 대답했다.

확실히 그 세 사람이 아주 멋지게 웃으며 나를 보았기에 불길한 예감이 들긴 했었다.

"아니, 잠깐. 남녀로 나뉘더라도 루카스 님과 같이 타면 내 위가 죽을 거야……."

"우사토는 묘하게 그 사람 마음에 들었으니 말이지."

기분이 나쁘진 않지만 상대는 일국의 왕이다.

무례하게 굴어도 화내기는커녕 웃으며 용서해 주겠지만 오히려 그게 더 무섭다.

"레오나 씨! 저는 링글 왕국에 처음 가 봐요!"

"어? 아아, 나도 그래."

"와아! 똑같네요!"

에바가 레오나 씨에게 밝게 말했다.

용사의 무구는 가져오지 않았는지 레오나 씨도 평범한 복장이었다.

"사마리알이나 미아라크와는 다르지만 좋은 곳이야."

"응, 채소랑 과일도 잔뜩 팔고, 무엇보다 활기가 있어."

나와 아마코가 링글 왕국의 좋은 점을 설명하자 에바는 기뻐하며 손을 맞댔다.

"기대돼요! 아, 우사토 씨가 지내는 구명단이란 곳도 보고 싶어요!"

"아……."

에바에게 험상궂은 면상들을 보여 줘도 괜찮을까…….

에바는 차별 없이 대하는 타입인 것 같으니까 괜찮겠지만, 이상한 영향을 받지는 않을까 걱정이다.

"그건 나도 관심 있어."

"레오나 씨도요?"

"그래. 너희가 미아라크에 왔을 때, 너와 단원들이 거리를 달린다는 이야기를 들었으니까. 신경 쓰였어."

그러고 보니 그런 이야기도 했었지.

나크와 험상궂은 면상들은 평소처럼 달리기 훈련 중이니, 어쩌면 운 좋게 거리를 달리는 광경을 볼 수 있을지도 모르겠다.

그 후 넷이서 가벼운 잡담을 나누는데 갑자기 에바가 어색한 얼굴로 나를 보았다.

"우사토 씨는……."

"응?"

"언제 원래 세계로 돌아가시나요?"

"응, 내일……."

"그건, 갑작스럽네요……."

에바가 시무룩해졌다.

왠지 레오나 씨의 표정도 그늘져 보였다.

나도 상당히 갑작스럽다고 생각하지만 어쩔 수 없었다.

"이 이상 머물면 원래 세계로 돌아갈 수 없으니까. 이것만큼은 어쩔 수 없어."

그래도 최대한 빠듯하게 이 세계에 남은 것이었다.

이 세계에 남을 수 있는 기한을 파르가 님과 마왕에게 조사해 달라고 해서 조금이라도 오래 머물 수 있게 조정했다.

"얼마나 못 만날까요?"

"그건 몰라. 「우리를 소환하는 술식이 완성될 때까지」라고 말할 수밖에 없어."

"……."

에바가 슬퍼하며 고개를 숙였다.

뭐라고 말하면 좋을지 망설이고 있으니 옆에 앉아 있던 아마코가 일어나서 에바 옆으로 이동했다.

"그렇게 오래 걸리지 않아."

"……아마코 씨?"

"그러니까 안심해도 돼. 우사토와는 금방 다시 만날 수 있어."

아마코가 다정하게 웃자 안심했는지 에바도 따라서 웃었다.

나와 아마코가 본 미래를 향해 착실하게 나아가고 있었다.

그때, 레오나 씨가 곤혹스러워하며 창밖을 가리켰다.

"우, 우사토, 저걸 봐 줘……."

그쪽을 보니 종렬로 달리고 있었을 터인 마차가 어느새 옆에 있었다.

그리고 창문으로 우리 마차의 모습을 살피는 세 사람이 보였다.

세 사람은 어안이 벙벙해진 내 얼굴을 보고서 웃으며 손을 흔들었다.

무심코 레오나 씨를 보니 그녀는 머리를 싸매고서 침음을 흘리고 있었다.

"하아아아…… 하여간 정말……."

"아! 아바마마예요!"

"으엑……."

에바는 웃으며 손을 흔들었지만 아마코는 몹시 싫다는 표정을 지었다.

수업 참관인가?

레오나 씨는 아니겠지만.

흥겨운 어른 세 명이 모이면 여러 가지로 귀찮…… 큰일이네.

"하지만 저렇게 웃을 수 있는 건 좋은 일이겠지."

루카스 님도 카론 씨도 카노코 씨도 다들 큰 문제와 직면했었다.

그런 그들을 여행 중에 돕게 되어서 정말 다행이라고 생각한다.

"……."

내일 나는 원래 세계로 돌아간다.

두 달간 수없이 생각한 일이지만, 역시 일시적인 작별이어도 슬픈 건 슬펐다.

❀제12화 작별! 재회를 약속하며!!

원래 세계로 돌아가는 날.

고요한 방 안에서 나는 평소와는 다른 옷을 입고 있었다.

흰 셔츠, 넥타이, 그리고 남색 재킷.

아주 오랜만에 교복을 입은 나는 무마할 수 없는 위화감에 쓴웃음을 지을 수밖에 없었다.

"조금 끼게 됐네……."

근육량이 늘어난 탓인지 재킷이 꽉 끼었다.

키도 조금 컸는지 살짝 긴 편이었던 바지도 딱 좋은 길이가 되어 있었다. 이 세계에서 성장했다는 거겠지.

묶는 법이 가물가물해진 넥타이를 매고 옆에 있는 가방을 들었다.

"……가볍네."

안에 별로 든 것이 없으니 당연했다.

핸드폰도 한참 전에 배터리가 다 돼서 쓸 수 없었다.

얼추 준비를 마친 나는 테이블 위에 뒀던 단복을 옆구리에 끼고 밖으로 나갔다.

아무도 없는 조용한 숙소를 걸어갔다.

로즈와 다른 단원들은 이미 성에 가서 이곳에 없었다.

"……아니, 아직 안 간 녀석도 있지."

추억에 잠겨 느긋한 발걸음으로 향한 곳은 마구간이었다.

"블루링, 일어나."

마구간에서 몸을 말고 자고 있는 파란 곰, 블루링을 불렀다.

"……크앙~."

눈을 비비며 느릿느릿 일어난 블루링의 머리를 쓰다듬었다.

졸린 모습인 블루링을 데리고 마구간을 나와 성으로 향했다.

"잠깐 동안 작별이야."

"크릉."

"슬퍼?"

걸어가며 묻자 블루링은 고개를 가로저었다.

"이런 우연이. 나도 안 슬퍼."

"크릉!"

블루링이 내 다리를 퍽 때렸다.

그것조차 왠지 반가웠다.

"처음 만났을 때 너는 나를 잡아먹으려고 했었지."

"크르릉."

숲에서 만났을 적에는 블루링에게도 가족이 있었다.

그랜드 그리즐리 아빠와 블루 그리즐리 엄마.

하지만 거대한 뱀 마물이 그들을 죽여 버렸다.

"너는 혼자서 그 녀석과 싸웠어. 굉장히 무모한 짓을 하는 녀석이라고 생각했어."

"……크릉."

"뭐, 그건 나도 마찬가지였지만."

나도 그저 자기만족을 위해 뱀을 쓰러뜨리려고 했고, 그 자리에서 우리가 함께 싸운 것은 단순히 목적이 일치했기 때문이었다.

하지만 결국 동료가 된 것은 싸우면서 유대가 싹텄기 때문이지 않을까.

"있지, 블루링."

다시 이름을 부르자 옆에 있는 블루링이 나를 올려다보았다.

그 머리를 쓰다듬으며 지금 할 수 있는 일을 말을 했다.

"내가 없어도 구명단 사람들한테 폐 끼치지 마."

"크릉."

"잠에 취해서 업어 달라고 하는 것도 금지야."

"크릉……."

"제대로 밥 먹고 운동해."

"크앙!"

블루링이 씩씩하게 대답했다.

살짝 눈물이 나려고 했지만 나는 일부러 웃었다.

"다시 만날 때까지 건강해. 파트너."

"크앙~!"

이 세계에 온 지 얼마 안 됐을 때 만나서 함께 여행하고 전장도 함께 달렸다.

블루링은 든든한 파트너이자 최고의 친구였다.

"자, 시간 없으니까 얼른 갈까!"

"크앙~!"

다시 걸어가려고 했을 때, 뒤에서 온 무언가가 내 어깨에 올라왔다.

"뀨~!"

"우왓?!"

확인하니 로즈의 애완동물인 누아르래빗 쿠쿠루가 내 어깨에 매달려 있었다.

그러고 보니 이 아이와도 꽤 인연이 깊지.

"좋아, 너도 같이 갈까."

"뀨!"

이렇게 귀여운 토끼지만 단장의 애완동물이란 말이지.

로즈를 따르는 것만 봐도 평범한 마물은 아니다.

"……정말로 그 무렵이 그립네."

블루링과 쿠쿠루를 보고 처음 소환되었을 때의 나를 떠올렸다.

그 무렵에는 정말로 필사적이었지만 지금은 즐거운 추억이었다.

"……좋아."

구명단 숙소 쪽으로 몸을 돌렸다.

이 세계에 온 날부터 지냈던 내 집.

구명단 동료들과 함께 웃고, 때로는 험상궂은 면상들과 치고받고 싸웠던 곳을 향해 나는 머리를 푹 숙였다.

"감사했습니다!"

이 세계의 집에 감사를 전하고서 나는 성으로 걸어갔다.

"다녀오겠습니다!"

자, 모두가 기다리고 있다.

*＊＊

스크롤을 발동하는 곳은 성안이 아니라 넓은 훈련장을 쓰기로 했다.

무슨 일이 벌어지든 대처하기 쉽다는 이유도 있었지만, 많은 사람이 모일 수 있도록 사정을 고려한 것이기도 했다.

"……아, 우사토 씨!"

훈련장에 온 나를 가장 먼저 발견한 사람은 나크였다.

나크 뒤에는 루크비스에서 알게 된 수인 남매— 키리하와 쿄우가 있었다.

"키리하, 쿄우, 너희도 와 줬구나."

"그래, 어쨌든 이웃 나라니까. 수업 빼먹고 오려고 했는데……."

"학원장님이 허락해 주셨어. 게다가 링글 왕국까지 타고 갈 마차도 준비해 주셨어."

글래디스 학원장님이……. 멋진 일을 해 주셨구나.

"학원에서는 너희 둘이 온 거야?"

"아니, 한 명 더 있어."

그러자 두 사람 뒤에서 회색 머리 청년이 얼굴을 내밀었다.

"저도 있어요, 우사토 씨."

"아, 하르파 씨였나요."

249

마안을 쓰는 루크비스의 학생, 하르파 씨.

"저도 수업을 땡땡이치고 말았어요. 학원장님께 허락은 받았지만, 역시 신선한 기분이에요."

"하르파 씨는 모범생 같으니 말이죠."

"무지각, 무결석이 자랑거리였지만, 오늘은 그걸 우선해선 안 되니까요."

"……감사합니다."

그렇게 말해 주니 나도 기뻤다.

"그러고 보니 우사토. 아마코네 엄마랑 만났는데 굉장한 사람이더라."

"하하하, 그렇긴 하지."

쿄우의 말에 나도 납득했다.

아마코가 두 사람에게 엄마를 소개했을 테고, 카노코 씨의 기세에 눌린 건가.

"갑자기 누나보고 『너는 아마코의 라이벌일까?』 하고 물었을 때는 무슨 소리인가 싶었어."

"진짜 무슨 말을 하는 거야, 그 사람……."

"나도 깜짝 놀랐어."

그런데 아마코의 라이벌이라니 그게 뭐지.

카노코 씨는 가끔 선배나 우루루 씨와 비슷한 다른 차원의 이야기를 할 때가 있다.

신경 쓰지 말자.

"그래도 건강한 모습을 봐서 좋았어. 나크도 아주 늠름해졌네."

키리하가 그렇게 말하자 나크는 쑥스러운 듯 웃으며 머리를 긁적였다.

"구명단의 본격적인 훈련에는 참가하지 못하고 있고, 아직 멀었어요."

"그런가요? 제 눈에는 상당히 성장한 것처럼 보이는데요."

하르파 씨가 마안을 발동시키고 나크를 관찰했다.

마력의 흐름을 볼 수 있는 하르파 씨라면 나크가 얼마나 성장했는지도 알 수 있으려나.

"그래도 우사토 씨처럼 되려면 멀었어요."

"이 녀석을 기준으로 삼으면 안 돼. 좀 더 자신감을 가져."

"맞아, 나크."

어째선지 두 사람이 나크를 거세게 격려했다.

왜 내 존재 자체가 비상식인 것처럼 취급하는 거야……?

……사실은 더 오래 이야기하고 싶지만 앞으로 가야겠지.

"그럼 나는 슬슬 갈게."

"그래, 불러 세워서 미안."

"아냐, 나도 얘기할 수 있어서 좋았어."

나크 일행에게 손을 흔들고서 블루링과 쿠쿠루와 함께 이동했다.

걸어가면서 많은 사람에게 인사를 받았다.

멀리서 여기까지 와 준 캄헤리오의 나이아 왕녀와 카일 왕자.

지난 전쟁에서 함께 싸웠던 니르바르나 왕국 전사단의 전사장 하이드 씨와 부관 헬레나 씨.

그리고 링글 왕국의 수위 아르크 씨.

"……뭐랄까, 기분이 이상해요."

"그렇습니까?"

나와 아르크 씨는 걸어가며 대화했다.

아르크 씨는 서신 전달 여행을 함께한 믿음직한 동료였다.

위험한 순간에 몇 번이나 도움을 받았고, 아르크 씨가 없었다면 좀 더 힘든 여행이 됐을 것이다.

"이렇게 많은 사람에게 배웅받을 거라고는 생각도 못 했거든요."

"그만큼 용사님들과 우사토 님이 모두에게 사랑받고 있는 거죠."

"그럴까요?"

"물론입니다. 누가 뭐라고 하든 제가 단언하겠습니다."

힘 있는 말이었다.

아무리 완력이 세도, 치유마법이 뛰어나도, 혼자서 할 수 있는 일에는 한계가 있다.

그럴 때 아마코와 네아, 블루링, 그리고 아르크 씨에게 도움을 받았다.

사룡과 싸웠을 때도.

사마리알에서 저주를 파괴했을 때도.

폭주한 카론 씨와 마주했을 때도.

그리고 히노모토에서 아마코의 엄마를 구했을 때도.

서신 전달 여행이 끝났어도 그걸 잊을 리 없었다.

"……우사토 님은 앞으로도 여행을 하시겠죠."

아르크 씨가 불쑥 그렇게 말했다.

"우사토 님의 길은 세계를 뛰어넘어 계속될 겁니다."

"……."

"길을 잃더라도, 높은 벽이 기다리고 있더라도, 분명 우사토 님은 망설이지 않고 전진하시겠죠. 여행하면서 줄곧 보았던 우사토 님은 그런 분입니다."

그렇게 말한 아르크 씨는 멈춰 서서 익숙한 미소를 지었다.

"우사토 님의 여행길에 행복이 가득하길 바랍니다."

"……고맙습니다. 아르크 씨."

나도 멈춰 서서 머리를 숙여 인사하고 다시 앞으로 나아갔다.

솔직히 아직 떠나기 아쉬운 마음은 있었지만, 마침내 진심으로 앞을 보게 된 기분이었다.

훈련장을 걸어가 마침내 중심 부근에 도착했다.

그곳에는 로이드 님과 웰시 씨, 그리고 선배와 카즈키가 있었다.

로즈와 험상궂은 면상들, 올가 씨와 우루루 씨, 그리고 페름과 아마코도 나를 기다려 준 것 같았다.

"블루링, 아마코한테 가."

"크앙~."

나는 블루링을 아마코에게 맡기고 로즈에게 걸어갔다.

그러자 쿠쿠루가 단장에게 갔다.

"뀨~!"

"안 보인다 싶더니 우사토랑 있었나."

"뀨!"

"네가 꽤 마음에 들었나 보군."

"하하……."

로즈와 가볍게 대화를 나눈 나는 살짝 심호흡하고서 다시금 그녀와 마주했다.

"단장님."

"오냐."

로즈가 팔짱을 낀 채 대답했다.

내 말을 기다리는 로즈를 향해 나는 입을 열었다.

"저는 아직 단장님에게 한 방 먹이지 못했어요."

"하! 그렇지. 그렇게 쉽게 넘어서게 할 만큼 나는 다정하지 않으니까."

"네, 그건 제가 가장 잘 알아요."

스승의 등은 아직 멀다.

그렇기에 나는 계속 나아갈 수 있다.

"언젠가 뛰어넘겠어요."

"좋은 마음가짐이야. 저쪽에서 훈련 빼먹지 마라."

"세계가 달라지더라도 단장님의 가르침을 잊을 리가 없죠."

내 말을 듣고 로즈는 즐겁게 웃었다.

그런 로즈에게 나는 구명단 단복과 파르가 님에게 받은 용사의 무구를 내밀었다.

"단장님, 저는 반드시 돌아올 거예요."

"······하, 좋아. 네가 돌아올 때까지 이건 내가 맡아 두마."

로즈가 단복과 팔찌를 받아 줘서 내심 안도했다.

이제 미련은 없다.

마지막으로 깊이 인사하고서 선배와 카즈키 곁으로 향했다.

두 사람 다 나처럼 교복을 입고 있었다.

"뭔가 낯서네요."

"그건 내가 할 말이야, 우사토 군."

"우사토는 항상 단복을 입었으니 말이지."

확실히 나도 좀 어색했다.

"여러분, 이쪽으로 오세요."

웰시 씨가 불러서 그리로 갔다.

우리를 원래 세계로 돌려보내는 술식이 새겨진 용지, 스크롤이 테이블에 놓여 있었다.

"스크롤에는 여러분이 살던 세계의 정보가 이미 새겨져 있어요. 이제 이걸 발동시키기만 하면 돼요."

이날을 맞이하기 전에 우리는 살짝 피를 뽑았다.

스크롤에 새길 소량의 피와 우리를 이 세계에 다시 소환하는 매개체로 쓸 피였다.

다른 세계에 있는 우리를 찾기 위한 정보로 피는 아주 중요해서,

이게 없으면 우리는 두 번 다시 이 세계에 돌아오지 못할 수도 있다고 했다.

그래서 여러 날에 걸쳐 비축분을 뽑았다.

"미리 설명해 드렸지만, 전이 후의 상황이 어떻게 됐을지는 저희도 파악하지 못했어요. 어쩌면 이곳에 체재한 만큼 시간이 흘렀을지도 모르고, 마법도 쓸 수 없을지 몰라요."

시간이 어떻게 됐을지는 나도 신경 쓰였던 문제다.

이 세계에서 지낸 만큼 시간이 흘렀다면 행방불명자가 되어 난리가 났을지도 모른다.

그러면 기억 상실에 걸린 척 둘러대야지.

"……그럼, 전이할까요?"

웰시 씨가 머뭇거리며 그렇게 말했다.

할 수 있는 일은 다 했다.

이제 원래 세계로 돌아가기만 하면 된다.

"……."

스크롤을 잡으려고 했던 손이 멈췄다.

만약…… 만약 우리를 재소환하는 술식을 찾지 못한다면 이걸로 영영 이별일지도 모른다.

그런 안 좋은 생각이 머릿속을 스쳐서 주저했을 때—

"우사토!"

아마코가 내 이름을 부르고서 힘 있게 고개를 끄덕였다.

"……그렇지."

겁내고 있을 때가 아니다.

여기서 나아가 미래를 열어야 한다.

각오를 다진 나는 선배와 카즈키를 보았다.

"여기에 셋이서 마력을 담으면 되는 거죠?"

"그런 것 같아."

선배가 스크롤을 보았다.

이걸 쓰면 원래 세계로 돌아갈 수 있다.

불안하긴 하지만, 여기까지 왔으니 각오할 수밖에 없다.

"그럼 갈까요."

"그래."

"응."

셋이서 스크롤의 가장자리를 잡았다.

조금씩 마력을 담자 스크롤이 금빛을 띠기 시작했다.

"……."

다시금 이 자리에 있는 사람들을 둘러보았다.

이 세계에서 맺은 인연.

……역시 이별은 괴롭다.

하지만 여기서 눈물을 보이고 싶지는 않았다.

모두가 배웅해 주는데 한심한 모습은 보이고 싶지 않았다.

그러니 웃자.

이게 마지막이 아니다.

다시 만날 그 날까지 일시적인 작별이다.

북받치는 감정을 억누르며 모두를 돌아보고, 스크롤을 잡지 않은 손을 들었다.

선배와 카즈키도 똑같이 손을 흔들었다.

"또 만나요!"

우리의 발밑에 마법진이 나타났다.

우리 세 사람이 이 세계에 소환됐을 때 나타났던 것과 똑같은 마법진이었다.

시야가 서서히 빛에 휩싸이는 가운데, 아마코의 모습이 보였다.

아마코는 눈물을 참고서 필사적으로 뭐라 뭐라 외치며 손을 흔들고 있었다.

그 모습이 보이지 않게 될 때까지 나도 손을 흔들었고— 내 시야는 완전히 빛에 휩싸였다.

"──."

그리운 부유감에 몸을 맡겼다.

의식이 점차 희미해졌다.

몽롱함에 잠긴 내 의식은 어둠 속으로 떨어졌다.

🌸제13화 현대로의 귀환과 예상치 못한 동행자!!

처음 눈에 날아든 것은 콘크리트 바닥과 민가의 돌담이었다.

조금 전까지 비가 왔는지 지면은 젖어 있었지만 하늘에는 주황색 석양이 깔려 있었다.

"여긴……."

아니, 그보다 먼저 선배와 카즈키가 있는지부터 봐야지!

"선배! 카즈키!"

"화, 확실하게 있어!"

"아무래도 원래 세계로 돌아온 모양이야……."

옆을 보니 나처럼 상황을 파악 중인 두 사람이 있어서 진심으로 안도했다.

"돌아왔구나……."

이세계에서는 보지 못했던 근대적인 거리.

주택가를 빠져나가면 전철과 자동차도 달리고 있을 것이다.

"맞다, 우선 지금이 며칠인지 확인해야 해."

"그거라면 선배가 이미 확인하러 갔어."

"어?"

카즈키가 가리킨 곳을 보니 선배가 지나가던 여학생에게 말을 걸고 있었다.

교복을 보면 중학생이려나?

"얘들아, 오늘이 몇 년 몇 월 며칠인지 아니?"

"네……?"

우와, 모르는 사람인 척해야겠다.

느닷없이 기억 상실에 걸린 사람처럼 질문한 선배에게서 눈을 돌렸다.

잠시 후, 이야기를 들었는지 선배가 돌아왔다.

"아무래도 지금은 우리가 소환된 그 날 그 시간대인 것 같아."

"비도 그쳤고, 몇십 분 정도 지났나 보네요."

"큰 소동이 벌어지지 않아서 다행이야……."

거짓말은 서툴기 때문에, 기억 상실에 걸린 척하지 않아도 돼서 정말 다행이다 싶었다.

"그럼 다음 걱정거리인데…… 일단 사람이 없는 곳으로 이동하자. 우사토 군의 집은 어때?"

"그럼 근처에 공원이 있어요."

"우사토 군의 집은 어때?"

이 사람, 억지로라도 우리 집에 오려고 하네.

여기서 별로 멀지 않지만, 이 사람에게 집을 가르쳐 주면 위험할 것 같다.

휴일에 쳐들어올 것 같고.

"저희 집에 가더라도 선배는 밖에서 기다려야 할 텐데 괜찮겠어요?"

"너희 집이 어디인지 알 수 있으니까 상관없어."

사고방식이 완전히 스토커인데요.

진지한 얼굴인 선배를 보고 약간의 공포를 느끼며 우리는 근처 공원으로 이동했다.

공원에는 아무도 없어서 남의 눈을 신경 쓰지 않고 이야기할 수 있을 것 같았다.

"그럼 우선 마력부터 확인할까. 두 사람 다 마력은 느껴져? 느껴진다면 써 봐."

시험 삼아 내 안에 있는 마력을 확인해 보니 존재했다.

그대로 치유마법을 써 보려고 했지만 어떻게 된 건지 마법이 나오지 않았다.

"마력이 있는 건 느껴지는데 쓸 수 없는 것 같아요."

"나도 똑같아."

"나도 그래. 뭐, 우리 세계에서 마법은 필요 없으니까 딱히 상관없지만."

······응? 잠깐만.

나는 들고 있던 가방을 땅에 내려놓고 내 팔과 배를 만져 봤다.

그리고 근처에 있던 커다란 철봉에 한 손으로 매달렸다.

"흡! 흡! 흡!"

"갑자기 한 손 턱걸이?!"

이세계에 소환되기 전에는 한 손 턱걸이는커녕 평범한 턱걸이도 거의 못 했다.

그랬는데 깃털처럼 가볍게 턱걸이가 가능한 걸 보면 내가 이세계에서— 구명단에서 단련한 신체 능력은 전혀 떨어지지 않았다는 거다.

"선배, 마법은 못 써도 신체 능력은 변함없는 것 같아요."

"그거, 우사토 군만 판타지 아니야……?"

그렇다고 해서 신체 능력을 헛되이 발휘할 생각은 없었다.

원래 세계로 돌아왔어도 나는 변함없이 구명단원이니까.

로즈에게 얻어터질 만한 경솔한 행동은 하지 않을 생각이다.

"하하하!"

"왜 그래? 카즈키."

카즈키가 갑자기 재미있다는 듯 웃어서 선배와 나는 고개를 갸웃했다.

"아니, 뭔가. 우리는 정말로 다른 세계에 있었구나 싶어서."

"……그렇지. 세계가 달라도 우리가 거기서 얻은 건 변함없어."

그만큼 우리에게 소중한 것이었다.

마법을 쓸 수 없는 건 아쉽지만 우리에게는 확실하게 추억이 있다.

분명 그 연결 고리는 끊어지지 않을 터다.

그렇게 생각하고 있는데 시야 끄트머리에서 내 가방이 흔들리는 게 보였다.

"……응?"

안에 딱히 뭔가가 들어 있지는 않았을 터다.

기묘한 느낌을 받으며 가방의 지퍼를 천천히 연 순간, 안에서 까만 무언가가 튀어나왔다.

"푸하아아! 좁고 숨 막혀서 죽는 줄 알았어~!"

……허?!

하늘로 빠르게 날아오른 것은 말하는 올빼미였다.

그 올빼미— 네아는 숨도 못 쉴 만큼 경악한 우리를 의기양양한 표정으로 보았다.

"왜 네가 여기 있는 거야?!"

"나는 너의 사역마야. 그럼 당연히 어디든 따라가야지."

네아는 조금도 주눅 들지 않고 눈앞을 파닥파닥 날았다.

생각해 보면 내가 원래 세계로 돌아갈지 말지 고민할 때도 네아는 별로 신경 쓰지 않았고, 오히려 어떻게 되든 상관없다는 자세였었다.

"설마 나한테 할 말이 없다고 했던 건……?"

"맞아, 어차피 나도 같이 갈 거니까 필요 없었던 거야."

"이, 이이, 이 녀석……!"

화내고 싶은 마음과 기쁜 마음이 속에서 마구 뒤섞였다.

네아는 부들부들 떠는 내게서 주변으로 시선을 옮기고 눈을 반짝였다.

"이곳이 네가 살던 세계구나! 어쩜, 인공물들이 가득하잖아! 멋져!"

"올빼미 모습으로 말하지 마! 사람으로 변해!"

"뭐~? 어째서~."

"이 세계에서도 올빼미는 말을 안 하니까 그렇지!"

"치이, 알았어."

그렇게 말한 네아는 올빼미 모습에서 흑발 적안의 소녀 모습으로 변신했다.

평범하게 변신할 수 있는 걸 보면 흡혈귀의 특성은 이 세계에서도 변함없는 건가…….

"이러면 됐지? 어때? 이 세계에서도 미소녀지?"

실제로 네아의 모습은 비범한 미소녀라고 할 수 있었다.

길 가다가 스카우트 제의를 받더라도 이상하지 않을 정도였다.

하지만 그 전에 물어봐야 할 것이 있었다.

"살 곳은 어쩔 거야?"

"네 가족으로 숨어들 거야. 오빠라고 부르면 돼?"

"너 같은 동생 둔 적 없어!"

얼마 전에도 어떤 나라의 임금님에게 비슷한 태클을 걸었는데.

하지만 우리 집에 받아 주는 것 말고 방법이 없긴 했다.

"풉, 푸흐흐흐……."

"서, 선배……?"

"하하하……."

"카즈키도?!"

나와 네아의 실랑이를 본 선배와 카즈키가 참기 힘들다는 듯 웃기 시작했다.

"역시 너랑 같이 있으면 즐거워. 우사토 군."

"어, 어째서요?"

"네가 있기에 나는 이 세계에서도 이렇게 즐겁게 웃을 수 있는걸."

카즈키도 똑같이 고개를 끄덕이고 있었다.

"하지만 우사토 군, 네아를 동생으로 삼는 건 좋지 않은 것 같아!"

"좋고 나쁘고를 따질 문제가 아니야. 내가 의지할 사람은 이 녀석밖에 없으니까."

아무래도 이 세계로 돌아와서도 이세계와 다름없는 시끌벅적하고 분주한 일상을 보내게 될 것 같다.

그건 그야말로 내가 이세계로 소환되기 전에 바랐던 비일상이었다.

✿ 막간 남겨진 자들

빛이 사그라들자 그곳에는 아무도 없었다.

우사토가 사라져 버렸다.

우사토는 이제 이 세계 어디에도 없다.

"······!"

멋대로 눈물이 흘러넘쳤다.

지금까지 잘 참았을 텐데.

"······그 녀석, 정말로 돌아오는 거야?"

옆에 있던 페름이 멍하니 중얼거렸다.

나는 눈물을 닦으며 페름에게 말했다.

"돌아와. 반드시."

"정말?"

"나는 봤으니까."

나는 예지를 봤다.

이제 말해도 되겠지.

예지의 중심이었던 우사토는 다른 세계로 돌아갔다.

이제 힘낼 사람은 파르가 님과 마왕뿐이다. 우리도 우사토도 할 수 있는 일은 없고 그저 기다릴 뿐이다.

"괜찮아, 페름. 머지않은 미래에 우사토는 평소처럼 다시 돌아올 거니까. 아니, 더 좋은 미래가 될지도 몰라."

"더 좋은 미래?"

"응. 나도 확실히 모르겠지만."

"……하하하, 그게 뭐야."

페름이 힘없이 웃었다.

하지만 아까처럼 비장한 모습은 아니었다.

그러자 바로 근처에서 「응!」 하고 기합이 들어간 목소리가 들렸다.

돌아보니 에바가 단단히 결심한 듯한 표정을 짓고 있었다.

"에바, 왜 그래?"

"저, 이제부터 강해질 거예요!"

"……뭐?"

"우사토 씨가 돌아오면 웃으며 맞이할 수 있도록 저는 강해지겠
어요! 청소도 빨래도 요리도 전부 힘낼 거예요!!"

이 아이는 뭐지. 너무 대단하잖아.

"훗, 엘리자, 보고 있어? 우리 딸은 이렇게 강하게 컸어……."

"아마코, 지면 안 돼! 너도 힘내!"

팔불출들의 목소리는 들리지 않아……!

듣고 싶지 않아……!

눈물이 쏙 들어가는 걸 느끼며 레오나 씨를 보았다.

"으으, 훌쩍…… 으으."

"괜찮다니까. 돌아올 수 있을지도 모른다고 설명 들었잖아?"

"그래도, 슬픈 건 슬퍼……!"

펑펑 우는 레오나 씨를 카론 씨가 위로하고 있었다.

에바는 여러모로 강했지만, 이게 보통이겠지.

그래도 마음은 아프도록 이해해요, 레오나 씨.

그러자 눈가를 벅벅 닦은 레오나 씨가 고개를 들었다.

"우사토가 돌아와도 실망하지 않도록 용사로서 노력해야 해⋯⋯!"

"회복이 빠르네."

역시 레오나 씨도 강한 사람이었다.

새로운 목표를 세우고 투지를 불태우는 레오나 씨를 보다가, 바로 근처에 우사토가 사라진 곳을 멍하니 보고 있는 소녀가 있다는 걸 알아차렸다.

"우사토 씨⋯⋯."

얼마 전에 구명단에 맡겨진 마족 아이, 키이라.

별로 이야기한 적은 없지만, 키이라가 지금 무슨 생각을 하고 있을지 순수하게 궁금했다.

"우사토가 없어져서 슬퍼?"

"⋯⋯네. 하지만 다시 만날 수 있다고 믿어요."

키이라는 나를 보고 미소 지었다.

확신하는 말에 조금 놀랐다.

"구명단에 들어오고 나서 줄곧 우사토 씨를 봤어요. 계속 고민하던 모습도 봤고, 로즈 씨와 싸우는 모습도 봤어요."

"응."

"짧은 시간이었지만, 그 사람이라면 어떤 무모한 짓이든 해낼 거라는 생각이 들어요."

확증 같은 건 없지만요, 하고 덧붙인 말에 나도 고개를 끄덕였다.

키이라가 말한 대로 우사토는 어떤 상황에서든 그걸 극복해 왔다.

상황은 다르지만 그건 지금도 똑같다.

"응, 나도 그렇게 생각해."

"네!"

함께 웃었다.

다들 우사토가 돌아오길 기다리고 있다.

그걸 새삼 실감하다가 문득 위화감을 느꼈다.

"……어라."

잠깐, 한 명 부족했다.

주위를 둘러봤지만 역시 그 모습은 확인할 수 없었다.

"페름. 네아는 어디 있어?"

"네아? 그러고 보니 없네……. 분명 숙소를 나올 때 우사토한테 볼일이 있으니까 나중에 오겠다고 했는데……."

왜 이렇게 불안하지.

다른 단원들에게 물어봐도 다들 못 봤다고 했다.

네아가 우사토를 배웅하러 안 왔다고?

그런 일이 있을 수 있을까?

내가 말하기도 뭐하지만 네아는 우사토의 사역마고, 분명 우사토를 아끼고 있을 것이다.

그야말로 어디든 따라갈 정도……로?!

"서, 설마……!"

어떤 생각이 떠올라서 얼굴이 새파래졌다.

그러자 누군가의 손이 내 머리에 얹어졌다.

"내버려 둬."

"로, 로즈 씨?"

"그 녀석이 가고 싶어서 간 거야. 그런대로 각오도 했겠지."

혹시 로즈 씨는 알고 있었나?

혼란스러워하는 내 머리를 헝클어뜨린 로즈 씨는 우사토가 사라
진 곳을 바라본 후 뒤돌았다.

"좋아, 우사토가 돌아갔으니 훈련한다!"

"""네에에?!"""

"말대꾸하지 마! 냉큼 뛰어!"

큰 목소리와 함께 구명단원들이 떠났다.

그 모습을 보고서 나는 아까까지 느꼈던 초조함을 잊고 어깨를
떨궜다.

"당장 우사토가 돌아와 줬으면 좋겠어……."

그렇게 중얼거리며 하늘을 올려다보았다.

나도 에바처럼 우사토가 돌아올 날까지 힘내자.

하지만 네아.

다음에 만나면 진짜 각오하는 게 좋을 거야……!

제14화 원래 세계의 새로운 일상!!

원래 세계로 돌아오고 나서 꽤 큰일이었다.

저쪽 세계에 완전히 익숙해진 탓인지 문명이 진보된 일상생활에 일시적으로 위화감을 느끼고 말았기 때문이다.

시차병 같은 걸까.

이세계에는 마력으로 움직이는 마도구가 보급되어 있었고, 이쪽 세계의 가전제품보다 더 편리한 점도 많았다.

그래서 가전제품 쓰는 법을 잊어버려 가족들이 이상하게 쳐다보기도 했다.

그리고 학업.

소환되기 전에 어디까지 공부했는지를 매우 심각한 수준으로 잊어버렸다.

오랜만에 수업을 받았을 때는 반가움과 내용의 생소함에 머리가 이해를 거부했을 정도다.

선배랑 카즈키가 공부를 가르쳐 줘서 어떻게든 해결됐지만, 그 대신 같은 반 아이들에게 질문 공세와 습격을 받게 되었다.

그 유감스러운 이누카미 선배가 사실은 학교 제일의 미소녀라는 사실을 깜박하고 있었다.

『우사토오오! 네 이놈, 자초지종을 말해라아아!』

『이 배신자아아아!』

『못 도망…… 저 녀석 왜 이렇게 빨라?! 나 육상부인데?!』

구명단에서 단련받은 나를 학생들이 따라잡을 수 있을 리 없어서 차례차례 쓰러졌지만.

그보다 더 큰일이었던 건 네아가 이 세계에 와 버린 것이었다.

당연히 네아는 갈 곳이 없었기에 결국 우리 집에서 같이 살게 되었다.

하지만 인간 모습으로는 부모님의 추궁을 피할 수 없으니 애완 올빼미로서 집에 두기로 했다.

네아는 항의했지만, 뱀파이어의 능력으로 부모님을 세뇌하고 싶지는 않아서 참으라고 했다.

그러나 여기서 생각지 못한 오산이 발생했다.

얼마간 같이 지내다 보니 생각보다 더 가족이 네아를 좋아하게 된 것이다.

처음에는 확실하게 새장에서 키웠는데, 지금은 네아가 평범하게 창밖으로 날아가도 당황하지 않을 만큼 익숙해져 버렸다.

그리고 활동 반경이 넓어진 네아를 상대하는 건 매~~~우 힘들었다.

『있지있지, 우사토! 저건 뭐야?』

『우사토! 놀이공원이란 곳에 가고 싶어!』

『우사토! 이 잡지에 실린 곳에 데려가 줘!』

이세계에 있을 때와 마찬가지로 호기심 왕성한 네아에게 휘둘려

휴일에 이런저런 곳을 돌아다니느라 정신적으로 피곤해지는 일도 잦았다.

심지어 방 안에서는 태연하게 사람 모습으로 있어서 언제 가족에게 들킬지 몰라 속을 태웠다.

그 외에도 작은 올빼미 모습으로 내 가방에 숨어들거나, 변신 능력으로 학교 여학생이 되어 집에 놓고 온 도시락을 가져다주는 등 내 주위에 하염없이 혼돈을 일으켰다.

*＊＊

"어~이, 우사토."

"응?"

이 세계에 돌아온 뒤로 벌어진 일을 떠올리고 있으니 누군가가 내 이름을 불렀다.

고개를 들자 카즈키가 있었다.

"뭔가 생각 중이었어?"

"아, 응. 지금까지 있었던 일이 생각나서."

지금 나는 우리 교실에 있었다.

주위에는 하교를 준비하는 학생들도 있었다.

반쯤 열린 가방을 들어 올린 나는 안에서 솜씨 좋게 책을 읽고 있는 올빼미를 얼른 확인하고 얼굴을 들었다.

바뀐 것은 내 생활뿐만이 아니었다.

이누카미 선배는 아주 밝아졌다.

예전에는 붙임성 좋은 쿨한 사람이란 이미지였는데, 지금은 천진난만이란 말이 딱 들어맞을 만큼 웃음과 흥이 넘치는 괴짜가 되었다.

그리고 물론 카즈키도 바뀌었다.

내게도 허물없이 말을 걸었고, 무엇보다 지금까지 소원하게 지냈던 같은 반 남자들과도 사이좋게 이야기하게 되었다.

나처럼 오해했던 학생들도 카즈키가 아주 착하다는 걸 깨닫고는 태도를 싹 바꿔서 질투라는 이름의 적의를 거뒀다.

"그럼 슬슬 갈까."

"그래, 선배도 기다리고 있을 테니까."

나는 카즈키의 말에 고개를 끄덕이고 일어났다.

가방 속에서는 여전히 네아가 올빼미 모습으로 책을 읽고 있었지만, 상관하지 않고 스마트폰을 넣어 그녀에게 넘기고서 장소를 이동했다.

오늘은 졸업식이었다.

그래서 2학년인 우리도 오전 중에 수업이 끝났다.

"선배는 특히나 바쁜 것 같아."

"그래 봬도 학생회장이었으니까."

미리 약속은 했지만 제시간에 오지는 못할 것이다.

선배는 이 학교에서도 인기인이니 말이지.

"……선배도 졸업인가."

그렇게 중얼거리며 승강구에서 신발을 갈아 신었다.

교문 앞은 졸업생과 그 보호자, 그리고 재학생들로 붐벼서 지나가려면 고생 좀 할 것 같았다.

"어쩔래? 아직 안 온 것 같은데."

"느긋하게 기다리자. 서두를 이유도 없고."

"그럼 그럴까."

그렇게 말하고 약속 장소인 승강구 앞에 서 있으니 뒤에서 부르는 소리가 들렸다.

"우사토 군, 카즈키 군."

돌아보자 졸업장을 든 선배가 서 있었다.

"선배, 졸업 축하해요."

"후후후~ 4월부터는 대학생이야~!"

카즈키가 축하를 건네자 선배가 즐겁게 고개를 끄덕였다.

선배는 이 지역의 유명한 대학에 응시하여 합격했다.

장래에 뭘 할지는 아직 정하지 않은 것 같지만, 그래도 앞으로 나아가기로 한 듯했다.

집안사람들과 여러 가지로 마찰이 있었던 모양이지만 지금은 어떻게든 설복시켰달까…… 이세계에서 함양한 밀어붙이기 기술로 대학 진학을 설득했다고 한다.

뭐, 기세를 탄 이 사람을 막는 건 어려우니까…….

어쨌든 선배는 오늘 이 학교를 졸업한다.

"우사토 군도 공부 열심히 해!"

"그래야죠……."

나와 카즈키도 선배가 합격한 대학에 응시할 생각이다.

하지만 슬프게도 내 학력은 카즈키나 선배처럼 높지 않기에 죽어라 공부해야 했다.

"그래도 전과 달리 지금은 공부하는 게 즐거워요."

"내가 보기에도 싫어하지 않는 것 같아."

"응. 그 세계에서 노력하여 배우는 즐거움을 알았기 때문일지도 몰라."

뭐든 꾸준히 하는 게 중요하다.

훈련이든 공부든 마찬가지다.

그 세계에서 많은 것을 배우고 우리는 지금 이곳에 있다.

"그럼 내 졸업을 축하하러 갈까!"

여전히 사람들로 가득한 교문을 가리키며 선배가 그렇게 말했다.

"자기 입으로 말하는 건가요……."

오늘은 카즈키와 내가 선배의 졸업을 축하하기로 했다.

축하라고 해도 패밀리 레스토랑에서 밥 먹을 뿐이지만, 그래도 선배는 기쁜 것 같았다.

들뜬 선배를 보고 쓴웃음을 지으며 교문으로 향했다.

"——?!"

그때, 말로 표현할 수 없는 오한이 엄습했다.

뭐지?

이 평화로운 세계에서 느낄 리 없는 불길한 예감이 들었다.

이건…… 살기?

심지어 뭔가 매우 익숙한 느낌인데…….

"우, 우사토 군, 왜 그래?"

"땀이 엄청나. 괜찮아?"

선배와 카즈키가 걱정해 줬지만 지금은 두 사람을 신경 쓸 겨를이 없었다.

자연스럽게 내 시선은 교문으로 향했다.

아니, 있을 리가 없다.

하지만 이런 살기를 발산하는 인간이 이 세상에 여러 명 있을 리 없었다.

"……어라, 뭔가 교문 쪽이 조용해졌어요."

"정말이네. 무슨 일 있나?"

그때, 마치 모세가 바다를 가른 것처럼 북적이던 사람들이 둘로 나뉘었다.

""""……어?""""

그 끝에 있던 것은 마피아 보스 같은 검은 코트를 입고, 이 세계에 있을 리 없는 초록색 머리를 나부끼는 키 큰 여성이었다.

"여, 우사토. 오랜만이야."

그 여성— 로즈는 내 모습을 시야에 담고서 사납게 웃었다.

제15화 마침내 재회! 이어진 세계!!

"다, 단장님……?"

왜 여기에 로즈가 있지?

마왕과 파르가 님이 만드는 건 우리를 다시 한번 소환하는 술식 아니었나?

이런저런 생각들로 혼란스러워하며 다시금 로즈를 보았다.

눈에 띄었다. 심각하게 눈에 띄었다.

선명한 초록색 머리와 반듯한 얼굴, 그리고 이 세계에는 또 없을 육식 동물 같은 위압감을 풍기는 로즈에게 사람들은 남녀 불문하고 매료된 것 같았다.

주위를 위압하며 눈앞으로 온 로즈는 갑자기 내 목에 팔을 감더니 반대쪽 손으로 내 머리를 마구 쓰다듬었다.

"끄, 끄으으……!"

팔을 풀려고 했지만 바이스로 조인 것처럼 꿈쩍도 하지 않았다.

이 저항할 수 없는 완력은 틀림없이 로즈였다.

"뭐 이렇게 죽상을 하고 있어?"

겨우 해방된 나는 일단 로즈와 거리를 뒀다.

"가, 갑자기 뭐 하시는 거예요!"

"아니, 무심코."

"무심코라니, 상황을 생각해 주세요!"

여러 가지로 묻고 싶은 것은 있지만, 평범하게 깜짝 놀랐고 오랜만에 생명의 위기를 느꼈다!

"그런데 상당히 둔해졌네. 너, 설마 훈련을 빼먹은 건 아니겠지?"

"빼먹지 않았어요! 아니, 그게 아니라……!"

안 되겠다. 머릿속이 혼란스러워서 생각이 정리되지 않는다.

"헉, 혹시 환각인가?! 머리에 충격을 주면 깨어나려나……?!"

"우사토, 일단 진정해!"

"맞아, 여기 학교야!"

카즈키와 선배의 말을 듣고 정신을 차렸다.

마, 맞아. 일단은 진정하자.

"아무튼 이동할까. 여기서는 얘기도 못 해."

"알겠습니다……. 가죠, 선배, 카즈키."

"으, 응……."

"뭔가 엄청난 일이 벌어졌네."

앞장선 로즈를 따라 교문을 빠져나갔다.

다음에 등교하면 이것저것 추궁받겠지…….

***

애초에 왜 로즈가 여기 있는 걸까.

재회했을 때의 충격 때문에 사고 저편으로 쫓아냈었지만, 애초에 이 사람이 여기 있는 것 자체가 이상했다.

저쪽과 이쪽은 그냥 거리가 먼 게 아니라 세계 자체가 달랐다.

아무리 로즈의 발이 누구보다도 빠르다지만 그렇게 간단히 올 수 있을 리 없었다.

"로즈 씨, 평소랑 복장이 다르네요."

이런 상황에서도 주눅 들지 않는 선배가 로즈의 복장을 언급했다.

나도 거의 단복 차림만 봤었기에 로즈의 낯선 복장이 신경 쓰이긴 했지만…….

"아아, 너희 세계에 맞추라며 웰시가 줬어."

"아주 잘 어울려요!"

"인사치레는 됐어."

자기 복장에 별로 관심이 없는지 로즈는 담백하게 대답했다.

더더욱 상황을 알 수 없어졌다.

웰시 씨가 엮여 있는 걸 보면 로즈가 이 세계에 온 건 링글 왕국과 관련이 있는 건가?

"내가 여기 있는 건 실험의 성과 같은 거야."

"실험……?"

혼란스러워하는 나를 보다 못했는지 로즈가 입을 열었다.

"결과만 말하자면 너희를 우리 세계로 부를 방법을 찾은 거지."

"네……?!"

조금 더 시간이 걸릴 줄 알았는데 생각보다 빨리 방법을 찾은 듯했다.

세계를 뛰어넘는다는 어려운 일을 이렇게 빨리 가능케 하다니…….

역시 파르가 님과 마왕은 굴지의 두뇌를 자랑하는 존재구나.

"뭐, 단순히 그 방법만 찾은 건 아니지만."

"설마 그래서 단장님이 여기 있는 건가요?"

"그래. 마왕과 파르가 님은 너희를 데려오는 게 아니라 우리 세계와 너희 세계를 연결하는 방법을 찾았어."

"……그거 아주 대단한 일 아닌가요?"

"대단하다기보다 정상이 아니야."

가방에서 튀어나온 네아가 내 어깨에 앉았다.

갑자기 말을 꺼내서 나는 즉각 주위를 보며 네아에게 주의를 줬다.

"네아, 밖에서는 나오지 말라고 했잖아."

"주변에 보는 사람 없어."

……뭐, 이런 일에 관심이 있다는 건 아니까 말해 봤자 소용없나.

"얘기를 계속하지. 우리 세계와 너희 세계를 잇는 문은 입구는 작아도 두 세계를 오가게 할 수 있어."

"그렇게 간단히 오갈 수 있다고? 이세계 소환이라면 모를까 세계를 건너는 문을 만들다니, 이렇게 짧은 시간에 할 수 있는 일은 아닐 텐데……."

"그래, 보통은 그런 것 같지만, 여기서 열쇠가 되는 게 있었어."

그렇게 말하고 돌아본 로즈는 내 어깨에 있는 네아를 가리켰다.

"너다, 네아."

"나?"

정작 네아는 어리둥절한 얼굴이었다.

"너는 말하자면 안표야. 본래 이 세계에 없는 이물질인 너의 존재가 우리 세계와 이 세계를 연결하는 요인이 된 거지."

"그리고 저쪽에는 우사토의 피라는 정보가 있으니 이쪽 세계를 목적지로 확립시키기 쉬운 거구나……. 그런 터무니없는 일을 잘도 해냈네. 역시 신룡과 마왕이라고 해야 하나."

로즈의 설명을 듣고 네아가 혼자 납득했다.

나는 알아듣지 못했지만, 선배와 카즈키는 이해했는지 놀란 표정을 짓고 있었다.

"우사토 군의 집에 눌러앉은 도둑고양이라고만 생각했던 네아가……."

"너 나를 그렇게 생각했던 거야……?"

로즈는 다시 앞으로 고개를 돌리고 걸어갔다.

"하지만 실험해 보지 않으면 무슨 일이 일어날지 알 수 없으니, 일단 가장 튼튼한 내가 지원한 거다."

"무모한 짓을 하시네요……."

"결과적으로 제대로 성공했지만."

확실히 로즈보다 튼튼한 인간은 이 세계에도 존재하지 않을 것이다.

아무튼 마왕과 파르가 님 덕분에 세계가 연결된 것은 알았지만 아직 의문이 있었다.

"단장님은 우리가 거기 있는 걸 어떻게 아셨어요?"

"감."

"그렇군요."

"우사토 군, 그걸 듣고 납득하는 건 이상해⋯⋯."

이 그리운 불합리함은 그야말로 로즈다.

그럼 또 다른 질문 하나.

굳이 따지자면 이게 가장 궁금했다.

"그 문은 어디에 있나요?"

그렇게 묻자 로즈는 그 자리에 멈춰 섰다.

설마 넘어오며 문이 사라져서 돌아가지 못하게 됐나⋯⋯?

그렇다면 또 우리 집에 새로운 동거인이 늘어나는 거야?!

나도 모르게 머리를 싸매고 있으니 네아가 주위를 둘러보고 「아」

하는 소리를 냈다.

"왜 그래? 네아."

"아니, 설마⋯⋯ 로즈 씨. 당신이 들어온 문은⋯⋯."

"맞아."

로즈가 대각선 위쪽을 가리켰다.

그 손을 따라 시선을 옮기고 나도 깨달았다.

익숙한 길.

익숙한 풍경.

그리고 익숙한 집.

"네 방이야."

나는 목소리조차 내지 못하고 눈을 부릅뜰 수밖에 없었다.

다행히 부모님은 집에 안 계셨다.

아버지는 일하는 중이고, 어머니는 장을 보러 가셨을 것이다.

로즈가 이 세계에 왔을 때 집에 없어서 다행이다.

"실례합니다~."

"실례합니다."

선배와 카즈키, 그리고 로즈가 내 방에 들어왔다.

네아는 내 어깨에서 내려와 인간 모습으로 변신했다.

"음~ 역시 이 모습이 제일이야."

"으으, 좁은 방이 더 좁아졌어……."

혼자 쓰는 방에 다섯 명이나 있어서 매우 답답했다.

그런 와중에 불쑥 침대로 다가간 선배는 엄청난 기세로 침대 밑을 들여다보았다.

"뭐 하는 거예요."

"중요한 건 침대 밑에 숨긴다고 사전에 적혀 있었어……."

틀림없이 별 시답잖은 내용이 적혀 있는 사전이겠지.

애초에 이 방에는 네아가 있으니 그런 걸 둘 수 있을 리가 없다.

선배를 보고 네아가 어이없어하며 한숨을 쉬었다.

"맞아, 스즈네. 침대 밑을 봐도 트레이닝 도구밖에 없어."

"크르르……!"

"저기, 우사토. 스즈네가 나한테 으르렁거리는데."

"그냥 개한테 물렸다고 생각해."

"꺄옹……."

선배를 무시하고 로즈를 보았다.

재미있다는 얼굴로 우리를 보던 로즈는 이불 등을 넣어 두는 벽장의 문을 열었다.

들여다보니 안에는 평소처럼 이불이 개켜져 있을 뿐이었다.

"……아무것도 없는데요?"

"숨기라고 했거든."

로즈가 주머니에서 손바닥만 한 마도구를 꺼내더니 스위치를 눌렀다.

몇 초 지나자 마도구가 강렬하게 빛났다.

"……?!"

빛이 사그라들었을 때— 일곱 빛깔을 내는 오로라 같은 벽이 벽장의 일면을 덮고 있었다.

"여길 지나면 저쪽 세계로 갈 수 있어."

"그나저나 왜 제 방에……."

"확실하게 너희가 있을 곳이 바람직하다더군."

"뭐, 내가 세계를 연결하는 안표가 됐다면 가장 오래 있었던 곳에 문을 연결하겠지."

"참고로 이 마도구는 사마리알의 왕이 기꺼이 제공한 기술로 만들었어."

"그 모습도 쉽게 상상이 가네요……."

그 사람이라면 오히려 안 그러는 게 더 이상하다.

무지갯빛 벽으로 손을 뻗어 보니 물을 만진 것처럼 파문이 퍼졌고, 그 너머로 이곳과는 다른 경치가 보였다.

"이건……."

"그래, 너희를 기다리고 있어."

무지개 너머에는 우리가 돌아오길 기다리는 사람들의 모습이 있었다.

그 광경은 언젠가 아마코가 보여 줬던 예지와 똑같았다.

"……그런가. 아마코, 여기구나."

나와 아마코가 희망을 품고 진심으로 바랐던 미래가 지금 눈앞에 있었다.

아무래도 나는 틀리지 않고 이 미래를 잡아챈 모양이다.

저쪽에서도 우리의 모습이 보이는지 무지개벽 너머에 있는 사람들이 손을 흔들었다.

그 광경을 보자 눈물이 날 것 같았고, 옆에 있던 로즈가 그런 내어깨를 두드렸다.

돌아보니 로즈는 내게 뭔가를 내밀고 있었다.

내 흰색 단복.

많은 훈련과 싸움을 함께한 소중한 옷.

"자, 맡아 뒀던 거다."

"……감사합니다!"

재킷을 벗고 단복을 입었다.

어떤 옷보다도 몸에 딱 맞는 느낌이 들었다.

정든 단복을 입자 네아가 내 어깨로 날아왔다.

"어느 세계든 나는 따라갈 거야."

"너는 정말로 한결같구나⋯⋯."

하지만 그래야 네아다.

나는 단복의 매무새를 가다듬고 로즈에게 그 모습을 보여 줬다.

만족스럽게 고개를 끄덕인 로즈는 격려하듯 내 등을 툭 쳤다.

"다녀와라."

"네!"

나는 힘차게 고개를 끄덕이고서 선배와 카즈키랑 시선을 맞췄다.

그리고 무지갯빛 벽 너머에 있는 모두를 보았다.

"그럼 가자!"

"응!"

"그래!"

셋이 동시에 무지갯빛 벽으로 뛰어들자 우리의 몸은 좁은 방에서 광대한 공간으로 내던져졌다.

벽 너머가 아니라 그곳에 있는 현실의 모두가 보였다.

돌아온 우리를 보고 눈물 흘리는 자도 있었고, 웃는 사람도 있었다.

다들 한목소리로 우리를 맞이해 줬다.

"어서 와!!"

# 에필로그

1일째

오랜만에 일기를 쓴다.

우리는 다시 이세계에 오게 됐지만, 그 후 사람들 사이에 끼어서 고생이었다.

그래도 다시 이 세계에 돌아오게 돼서 정말 다행이라고 진심으로 생각한다.

귀환이 기쁘긴 하지만 문제도 있었다.

로즈가 말한 대로 내 몸은 둔해져 있었다.

솔직히 말해서 근력 운동과 공부를 양립하는 건 무리였다.

원래 세계에서도 열심히 운동하긴 했지만, 역시 구명단처럼 제대로 된 환경이 갖춰져 있지 않았기에 만족스럽지는 않았다.

로즈가 실시하는 내 전용 지옥 훈련.

생각만 해도 흥분으로 몸이 떨린다……!

2일째

내 몸이 둔해졌다는 걸 본격적으로 자각했다.
체력도 그렇지만, 오랜만에 쓰는 치유마법의 감각을 되찾느라 고생했다.
나크와 페름은 둔해지지 않았다고 말해 줬지만 이래서는 안 된다.
더 훈련해야겠다.

3일째

계속 달려.
더 훈련.

4일째

어제는 훈련이 너무 가혹해서 훈련 말고는 생각할 수 없었다.
아직도 나는 마음이 약하구나.
아무튼 오늘은 아마코와 에바가 훈련장에 왔다.
역시 에바가 링글 왕국에 있으니 위화감이 든다.
에바는 지금 유학이라는 형태로 링글 왕국에 맡겨졌다고 한다.
에바를 위해서겠지만, 루카스 님도 하는 일이 참 호쾌하다.
구명단의 험상궂은 면상들을 아무렇지도 않게 받아들이는 에바를
보고서 대단하다고 생각했다.

이건 다른 얘기인데, 세계가 연결된 영향은 별로 크지 않다고 한다.

하지만 로이드 님은 각 세계의 문화가 만났을 때의 영향을 염려하고 있었다.

만약 우리 세계의 기술이 이쪽 세계로 흘러들면 그 기술을 차지하려고 미래에 싸움이 일어날지도 모른다.

그 가능성을 걱정한 로이드 님은 마왕과 파르가 님에게 세계를 잇는 문을 감시해 달라고 부탁했다.

마왕은 잘 모르겠지만, 파르가 님이 봐 주신다면 안심이 된다.

5일째

오늘은 오랜만에 페름이랑 나크와 함께 훈련했다.

성장기라서 그런지 나크는 키가 많이 큰 것 같다.

파트너인 블루링은 변함없이 잠에 취해 있었지만, 지금은 그게 오히려 사랑스럽게 느껴진다.

6일째

오늘은 올가 씨와 우루루 씨를 만났다.

우루루 씨는 만날 때마다 내 머리를 쓰다듬는다.

곤란하지만, 우루루 씨가 매우 기뻐해서 아무 말도 할 수 없다.

그러고 보니 마왕령으로 돌아갔던 키이라가 내일모레 구명단에 온다고 했다.

그 아이는 어떻게 성장했을지 궁금하다.

7일째

점차 로즈의 훈련을 따라갈 수 있게 됐다.

감을 되찾은 걸까?

마음껏 몸을 움직일 수 있는 건 정말 멋지다. 응.

8일째

오늘은 키이라가 구명단에 왔다.

설마 하늘을 날아와 그대로 강하하여 내게 안길 줄은 몰랐다.

키이라는 자신의 어둠마법과 확실하게 마주하고 잘 웃게 되었다.

다음에 키이라의 가족을 보여 준다고 했다.

기대된다.

그런데 망토 형태의 마법이 이전보다 더 내게 들러붙던데 그건 왜 그러는 걸까.

페름은 그걸 보더니 머리를 싸맸다.

9일째

미아라크에서 레오나 씨가 왔다.

오랜만에 만난 레오나 씨는 전보다 더 당당해서 아주 멋있었다.

이번에는 휴가를 이용해서 이쪽에 왔다고 했고, 내가 원래 세계로 돌아가 있는 동안 일어난 일과 상황을 이야기해 줬다.

마음 같아서는 직접 미아라크에 가서 파르가 님과 노른 님에게 인사하고 싶지만, 이곳에 있을 수 있는 시간이 많지 않다 보니 어려운 일이다.

10일째

오늘은 평범하게 훈련할 생각이었는데 구명단 숙소에 코가와 아미라가 왔다.

두 사람은 마왕의 사자로 왔다고 했지만, 코가는 내 얼굴을 보자마자 승부하자고 했다.

적이니 뭐니 하는 것과는 상관없는 순수한 승부.

솔직히 그런 형태의 승부라면 해도 좋을 것 같았기에 그대로 코가와 저녁 무렵까지 치고받았다.

둘 다 꽤 둔해졌는지 승부는 나지 않았지만 즐거웠다.

지금까지는 서로 적이었지만, 이렇게 스스럼없이 치고받을 수 있는 관계는 좋은 것 같다.

11일째

내일 원래 세계로 돌아간다.

이쪽 세계에 다시 올 수는 있지만, 원래 세계의 생활도 생각해야 한다.

알고 있었지만 양립하는 건 어렵다.

그래도 이건 내가 고른 미래다.

후회는 전혀 없다.

**

"어이, 우사토."

목소리를 듣고 나는 일기를 덮었다.

"내일 저쪽으로 돌아가지?"

"네, 다음에 이리로 돌아오는 건 조금 나중이 될 것 같아요."

"알고 있겠지만 훈련을 게을리하지 마."

"물론이죠."

하지만 공부도 해야 해서 계속 훈련만 할 수 없다는 게 고민이었다.

어떻게든 훈련과 공부를 양립할 수 없을까.

"앞으로 잘 해낼 자신은 있나?"

"자신이요……?"

"이쪽 세계와 너희 세계에서 살아가는 것 말이야. 너는 한 명밖에 없어. 언젠가 차질이 생기겠지."

"그렇죠……. 그건 알고 있어요."

앞으로 살면서 어느 한쪽을 우선해야 할 일이 생길지도 모른다.

내가 처한 상황 때문에 고뇌하는 일도 있을지 모른다.

그래도 나는 양쪽 세계에서 살아가는 것을 택했다.

"그때가 되면 어떻게든 하겠어요."

"하! 그럼 더는 묻지 않으마."

내 대답을 듣고 로즈는 만족한 것 같았다.

잠시 침묵이 이어졌다.

그 고요에 신기한 편안함을 느끼며 나는 벽에 걸린 단복을 보았다.

"……소환된 날, 단장님이 발견해 주셨기에 지금의 제가 있어요."

"호들갑은."

"호들갑이 아니에요. 솔직히 저는 운명이란 생각마저 들어요."

그렇게 단언했다.

내게 있어 그날은 그야말로 분기점이었다.

그 만남이 있었기에 현재가 있다.

내가 성장할 수 있었던 것은 언제나 나를 질타해 준 당신 덕분이다.

"이 세계에서 단장님과 만나 다행이에요. 감사합니다."

"……!"

놀란 표정을 지은 로즈를 보고 나는 의기양양하게 웃었다.

"앞으로도 잘 부탁드립니다, 단장님!!"

두 세계에서 살아가는 것.

그게 아주 힘든 일이라는 건 안다.

하지만 그저 힘들기만 한 게 아니라는 것도 알고 있다.

원래 세계에서는 체험할 수 없는 강렬한 비일상.

이 세계에서 얻은 인연들.

그것들은 분명 앞으로도 영원히 내 안에 남을 귀한 것이다.

그렇기에 앞으로도 그것을 소중히 여기며 더더욱 늘려 나가고 싶다.

앞으로 어떤 미래가 기다리고 있을지 상상이 안 간다.

하지만 나쁜 미래는 아닐 것이다.

왜냐하면 내 곁에는 언제나 함께 웃을 수 있는 동료와 진심으로 존경할 수 있는 스승이 있으니까.

나는 두 세계에서 살아간다.

이 희망찬 나날이 계속되는 한, 언제까지고.

치유마법의 잘못된 사용법
~전장을 달리는 회복 요원~

작가 후기

마지막 권을 쓰고 나니 시원섭섭한 기분이지만, 우사토의 이야기를 하나의 종착점까지 그릴 수 있었던 것은 무엇보다도 기쁜 일입니다.

처음으로 서적화된 작품이라 상당히 각별하기도 하고, 나중에야 「이 부분은 좀 더 묘사할걸」 「이 캐릭터를 등장시킬걸」 하는 생각이 나서 아쉽기도 했습니다.

본작의 주인공인 우사토를 등장시켰을 때는 이렇게까지 정신력이 강한 주인공이 될 줄은 몰랐습니다.

「이런 터무니없는 일을 하는 주인공이 있으면 재미있겠다」 하는 가벼운 마음으로 생각해 낸 등장인물이 이제는 제게 있어 유일무이한 캐릭터가 되어서 저도 놀랍습니다.

이야기가 진행될수록 우사토는 어떤 상황에서도 포기하지 않고 계속 전진하는 개성을 얻은 것 같습니다.

그의 터무니없는 행동을 묘사할 때는 독자님들이 어떻게 반응할지 글쓴이인 저도 기대가 되었고, 그런 의미에서 움직이는 게 재미있는 주인공이었습니다.

마지막 권은 인터넷판과 전혀 다른 결말이지만 이것도 굿 엔딩이라고 할 수 있겠죠. 늘 예상외의 행동을 했던 우사토가 주어진 선택지를 고르지 않고 새로운 답을 모색하는 부분은 『치유마법의 잘못된 사용법』다움이 드러난 부분이라고 생각합니다.

글쓴이로서 아마추어나 마찬가지인 상태에서 시작된 『치유마법의 잘못된 사용법』이 여기까지 올 수 있었던 것은 본작을 읽어 주신 여러분의 응원 덕분입니다.

집필 중에 몇 번이나 좌절할 뻔했지만, 그래도 본작을 기다려 주시는 독자님들이 있었기에 계속 쓸 수 있었습니다.

여기까지 읽어 주신 독자 여러분에게 다시금 감사를 전합니다.

그리고 지금까지 멋진 일러스트를 그려 주신 KeG 님, MF북스 편집부를 비롯하여 작업에 관여해 주신 관계자님들께도 진심으로 감사드립니다.

정말 감사했습니다.

2020년 3월 길일

쿠로카타

치유마법의 잘못된 사용법」 완결을 축하합니다!
일러스트를 담당한 KeG입니다.
권의 일러스트를 그리고 벌써 4년이나 지났군요.
무사히 완결까지 담당했다는 안도감과 함께
이게 마지막이라고 생각하니 조금 섭섭합니다.
새삼 캐릭터 디자인을 보니 총 46명이나 있고
개인적으로 좋아했던 페름과 프라나와 린카 등
더 그리고 싶었는데…… 하는 생각이 듭니다.
(아, 이왕이면 이 후기의 일러스트는
그 캐릭터들로 할 걸 그랬네요….)
나중에 또 어떤 형태로든 그들을
그릴 기회가 있으면 좋겠습니다.

여하튼 감사했습니다.
그리고 쿠로카타 선생님, 수고하셨습니다!

치유마법의 잘못된 사용법 12
~전장을 달리는 회복 요원~

초판 1쇄 발행 2022년 4월 20일

지은이_ KUROKATA
일러스트_ KeG
옮긴이_ 송재희

발행인_ 신현호
편집장_ 김승신
편집진행_ 권세라 · 최혁수 · 김경민 · 최정민
편집디자인_ 양우연
관리 · 영업_ 김민원

펴낸곳_ (주)디앤씨미디어
등록_ 2002년 4월 25일 제20-260호
주소_ 서울시 구로구 디지털로 26길 111 JnK디지털타워 503호
전화_ 02-333-2513(대표)
팩시밀리_ 02-333-2514
이메일_ lnovellove@naver.com
ㄴ노벨 공식 카페_ http://cafe.naver.com/lnovel11

CHIYUMAHO NO MACHIGATTA TSUKAIKATA ~SENJO WO KAKERU KAIHUKUYOIN Vol.12
ⓒKUROKATA 2020
First published in Japan in 2020 by KADOKAWA CORPORATION, Tokyo.
Korean translation rights arranged with KADOKAWA CORPORATION, Tokyo

ISBN 979-11-278-6407-1 04830
ISBN 979-11-278-4277-2 (세트)

값 10,000원

© 2020 by Nabeshiki, Kawaguchi
EARTH STAR Entertainment Co.,Ltd

나는 모든 것을 【패리】한다 1권

나베시키 지음 | 카와구치 일러스트 | 김성래 옮김

재능 없는 소년.

그렇게 불리며 양성소를 떠나던 남자 노르는

홀로 한결같이 방어 기술 【패리】의 수행에 열중하며 살았다.

그러던 어느 날, 마물에게 습격당한 왕녀를 구하게 되며

운명의 톱니바퀴는 뜻밖의 방향으로 돌기 시작한다.

밑바닥 랭크의 모험가임에도 불구하고 왕녀의 교육자로 발탁되었는데……

본인이 지닌 공전절후의 능력을 아직껏 노르 혼자만이 알지 못한다…….

무자각의 최강은 위기에 빠진 왕국을 구원할 수 있는가?

거미입니다만, 문제라도? 1~15권

바바 오키나 지음 | 키류 츠카사 일러스트 | 김성래 옮김

분명히 여고생이었을 텐데 정신을 차리고 보니
「나」는 본 적도 없는 곳에서 《거미》라는 괴물로 전생해버렸다?!
어미 거미의 동족 포식을 피해 도망쳤지만 방황 끝에 도착한 곳은 괴물들의 소굴.
독개구리, 왕뱀, 거대 늑대, 심지어 용까지 실치고 디니는 최악의 던전.
힘없는 조그만 거미인 「나」는 이곳에서 무사히 살아갈 수 있을 것인가……?
으악, 되도 않는 소리는 작작 하란 말이야!
나를 이런 상황으로 몰아넣은 놈 누구야! 당장 튀어나와!!

**수많은 인터넷 독자들이 응원하는
거미양의 서바이벌 생활, 당당히 개막!**

라이트노벨의 새로운 빛! L북스의 신간은 매월 20일에 발매됩니다. http://cafe.naver.com/lnovel11